स्वतन्त्रता संग्राम की कहानी

भाग-1

राजेन्द्र मोहन भटनागर

वाणी प्रकाशन

वाणी प्रकाशन

4695, 21-ए, दरियागंज, नयी दिल्ली 110 002

फ़ोन : +91 11 23273167 फ़ैक्स : +91 11 23275710

शाखाएँ

अशोक राजपथ, पटना 800 004, बिहार

कॉफ़ी हाउस कैम्पस, महात्मा गांधी मार्ग, इलाहाबाद 211 001, उत्तर प्रदेश

महात्मा गांधी अन्तरराष्ट्रीय हिन्दी विश्वविद्यालय, वर्धा 442 001, महाराष्ट्र

www.vaniprakashan.com
marketing@vaniprakashan.in
sales@vaniprakashan.in

Swatantrata Sangram Kee Kahani-1
by Rajendra Mohan Bhatnagar

ISBN : 978-93-5229-858-7
Story

प्रथम संस्करण 2022

मूल्य : ₹ 100

आर. टेक ऑफ़सेट प्रिंटर्स, दिल्ली-110 032 में मुद्रित

वाणी प्रकाशन का लोगो मक़बूल फ़िदा हुसेन की कूची से

प्रिय बच्चो,

यह पुस्तक मैंने तुम्हारे लिए लिखी है। अपना देश अनेक विदेशी जातियों का गुलाम रहा है। उसने उनके अत्याचारों को सहा है।

भारत में अंग्रेज़ी राज्य स्थापित हुआ था। उन्होंने भी हमारे साथ अन्याय किया था। गुलाम के साथ मालिक सदा से अन्याय करता आया है।

तुम स्वतंत्र देश में पैदा हुए हो। तुम्हें परतन्त्रता की तकलीफों का पता नहीं है, परन्तु हमें है।

तुम ज़रूर पूछोगे कि अकल, हम गुलाम कैसे हुए ? और वह भी एक छोटे-से देश के गुलाम।

यह पुस्तक मैंने इसी प्रश्न के उत्तर में लिखी है।

इस कहानी में से उन तत्त्वों को पकड़ने की कोशिश करना, जिनसे आज़ादी, गुलामी में बदल जाती है। साथ में यह भी देखना कि कहीं आज हम उन्हीं गलतियों को करने के अभ्यस्त तो नहीं होते जा रहे हैं और उनसे बचने के लिए हमें क्या करना चाहिए ? तब हमारे लिखने का उद्देश्य पूरा हो जाएगा। एवमस्तु

आपका,

राजेन्द्रमोहन भटनागर

''गुलामी मानव जाति पर लगा ऐसा शाप है, जो उससे जीते जी मानव होने का हक छीन लेता है और उसे नरक के अंधकूप में ढकेल जाता है।''

''मानव होने की पहली शर्त है कि वह स्वतंत्रता का अनुभव करता हो और उससे दूसरे की स्वतंत्रता प्रत्यक्ष या अप्रत्यक्ष रूप से भग्न नहीं होती हो।''

''इतिहास वह आईना है जिस के सामने खड़े हो कर हम अपने अतीत, वर्तमान और भविष्य को साफ-साफ पढ़ सकते हैं और अपने को पहचान सकते हैं। इतिहास अतीत की कहानी-मात्र नहीं है, अपितु वर्तमान की नींव है और भविष्य की कल्पना है।''

विषय-सूची

1. ईस्ट इंडिया कम्पनी की स्थापना

अंग्रेज़ों का भारत में प्रवेश अत्यन्त रोमांचकारी और दुर्भाग्यपूर्ण घटना है, जिसके कारण भारत को ढाई सौ वर्ष गुलामी में बिताने पड़े। भारत की ढाई सौ वर्ष की गुलामी का समय अनेक विपत्तियों और शोषण का समय है। जब हम उन बीते हुए दिनों के पृष्ठ उलटने बैठ जाते हैं, तब हमारा हृदय एक तरफ उन विपत्तियों और अमानवीय संकटों को याद कर आठ-आठ आँसू बहाने लगता है और दूसरी ओर अपने देशवासियों की स्वार्थ-लिप्सा, उत्कोच-प्रवृत्ति, आपसी फूट, इत्यादि की याद दिला कर मन को आक्रोशित कर देता है। सात समन्दर पार से आये मुट्ठी-भर निर्धन बनिये जो अपने देश में रोटी नहीं कमा सके, भारतवासियों को, करोड़ों भारतवासियों को, एक लम्बे समय तक अपना गुलाम बनाये रहे।

वे बनिये जो भारत में व्यापार करने आये थे, वास्तव में धूर्त, चालाक, लुटेरे और डाकू थे। हाकिन्स पहला अंग्रेज़ माना जाता है जो समुद्र के रास्ते से भारत में प्रविष्ट हुआ था। वह जहाँगीर के समय में भारत आया था। हाकिन्स से पहले भी अनेक अंग्रेज़ भारत भ्रमण कर चुके थे। 883 ई० में सबसे पहला अंग्रेज़ शिगेल्म था, जिसने भारत भ्रमण किया था। लेकिन ड्रेक तथा फीच के बाद तीसरे अभियान में हाकिन्स का भारत में प्रवेश ऐतिहासिक घटना माना जाता है, क्योंकि वह विशेष उद्देश्य लेकर भारत में आया था।

24 अगस्त, 1608 को कैप्टन हाकिन्स ताप्ती के मुहाने पर पहुँचा। अप्रैल, 1609 के मध्य वह मुगल दरबार में आगरा पहुँचा। वह तत्कालीन इंग्लैंड के सम्राट जेम्स का अकबर के नाम पत्र लाया था। वहाँ के लोगों को अकबर की मृत्यु की खबर नहीं थी। जहाँगीर ने तब न केवल हाकिन्स का स्वागत किया था बल्कि अंग्रेज़ों को सूरत में कोठियाँ बनवाने की इजाज़त भी दी थी।

पुर्तगालियों ने सूरत तथा आगरा के दरबारियों को अपनी तरफ मिला कर नवम्बर, 1611 ई० में जहाँगीर से अंग्रेज़ों को भारत छोड़ने के आदेश करवा दिये थे।

परन्तु सर हेनरी मिडिलटन की सहायता से उसने 6 फरवरी, 1613 ई० को पुनः जहाँगीर से सूरत में कोठियाँ बनवाने, व्यापार करने तथा मुगल दरबार में अपना प्रतिनिधि रखने के आदेश प्राप्त कर लिये थे। इंग्लैंड के सम्राट ने सर टौमस रो को अपना पहला प्रतिनिधि बनाकर मुगल दरबार में भेजा था। वह शीघ्र ही जहाँगीर का कृपापात्र बन गया था और तीन बरस तक वह अजमेर, माँडू तथा इलाहाबाद में रहा था। फरवरी, 1619 में वह भारत से इंग्लैण्ड के लिए रवाना हुआ था। उसने भारत में अनेक स्थानों पर कारखाने स्थापित करने की आज्ञा प्राप्त कर ली थी। समुद्री शक्ति पर व्यर्थ व्यय की अपेक्षा उसने शान्तिपूर्वक कम्पनी को व्यापार करने की सलाह दी। आगामी सत्तर वर्ष का कम्पनी का इतिहास उसकी नीति के प्रतिपालन का इतिहास था। फलतः कम्पनी अबाध व्यापार करती रही।

31 दिसम्बर, 1600 ई० को तत्कालीन महारानी एलिज़ाबेथ ने पूर्वी देशों के साथ व्यापार करने के लिए लार्ड मेयर की अध्यक्षता में बनी 'ईस्ट इण्डिया कम्पनी' को अधिकार-पत्र प्रदान कर दिया। इस कम्पनी के पास उस समय कुल 68,373 पौंड राशि थी। 217 साझेदारों ने 31 दिसम्बर, 1600 ई० को इसकी स्थापना की।

ब्रूस के विवरण से यह स्पष्ट हो जाता है कि इस कम्पनी की स्थापना के पीछे उन लोगों का दृष्टिकोण यह था कि धूर्त तथा चालाक लोगों के सहयोग से धन कमाया जाये। उसका फल यह हुआ कि शीघ्र ही कम्पनी को दुगने से कहीं ज़्यादा मुनाफा होने लगा।

2. भारत में अन्य यूरोपीय जातियों का आगमन

इतिहास का प्रत्येक विद्यार्थी जानता है कि अंग्रेज़ों से पहले और उनके साथ-साथ अथवा कुछ बाद में अनेक यूरोपीय जातियाँ भारत में व्यापार करने की दृष्टि से आईं। 1510 ई० में पुर्तगालियों के आने के समय से लेकर तृतीय कर्नाटक युद्ध अर्थात् 1763 ई० तक, भारत में इन व्यापारी कम्पनियों ने घृणित लूट-खसोट की और जघन्य अपराध किये। ये जातियां आपस में बराबर लड़ती रहीं और अपने अस्तित्व तथा प्रभाव को निरन्तर बढ़ाने हेतु राजाओं को अपने चंगुल में फँसा कर अपना उल्लू सीधा करती रहीं। इसमें दो राय नहीं है कि देसी राजाओं की आपसी फूट, अदूरदर्शिता, अकर्मण्यता, कर्त्तव्य से विमुख होने की प्रवृत्ति, आदि ऐसे कारण थे, जिनसे भारत का सुनहरा सूर्य केवल 1510 ई० से 1763 ई०, अर्थात् ढाई सौ वर्ष ही नहीं, अपितु 1763 ई० से 1947 ई० तक अर्थात् 184 वर्ष और ग्रहणग्रस्त रहा।

पुर्तगाली

बच्चो, सन् 1497 ई० की बात है, जब पुर्तगाल के राजा एम्मानुल के संरक्षण में वास्कोडिगामा डाईज़ वाले रास्ते का अनुसरण करते हुए मोज़म्बीक पहुँचा था। उसका सितारा बुलन्द था। वहाँ उसे एक भारतीय मार्गप्रदर्शक की सहायता मिल गई, जिससे वह अप्रैल, 1498 में वहाँ से भारत के लिए चल पड़ा और 22 मई, 1498 में कालीकट (भारत) जा पहुँचा। वह तीन महीने भारत में रहा। कालीकट में राजा जमोरिन ने उसका शानदार स्वागत किया था।

वास्कोडिगामा का भारत-प्रवेश अरब वालों की आँखों में खटका, क्योंकि कोचीन व कालीकट प्रदेश में वहाँ की जनसंख्या को देखते हुए पर्याप्त चावल नहीं होता था। उनके लिए अन्न की व्यवस्था मुसलमानों के जलपोत कोरोमण्डल तट से अन्न लाकर करते थे। इस समय इस प्रदेश में छोटे-छोटे सरदार थे, जो परस्पर लड़ते रहते थे। पुर्तगालियों ने इस फूट का लाभ उठाया। मुसलमानों के जलपोतों के स्थान पर उन्होंने

अपने मज़बूत तथा प्रत्येक ऋतु में समुद्र में ठहर सकने वाले जलपोतों को उतारा। मुसलमान उनके सामने ठहर नहीं सके क्योंकि पुर्तगाली अपने जलपोतों पर से तोपखाने को प्रयोग कर सकते थे।

वास्कोडिगामा ने जब दूसरी बार भारत की धरती पर पाँव रखा तब उसने काफी सोच-समझ कर एक निश्चित उद्देश्य के लिए काम किया। अरबवालों के काफी विरोध करने पर भी उसने कालीकट, कोचीन, आदि स्थानों पर अपने व्यापारिक केन्द्र स्थापित किये। राजा जमोरिन ने कोचीन में पुर्तगालियों पर हमला भी किया, जिसमें उसकी पराजय हुई।

पुर्तगाल अधिकृत क्षेत्र का प्रथम वायसराय डी अल्मेडा था, जो 1509 ई० में अरबवालों से पराजित हुआ था और मारा गया था।

उसके बाद वायसराय बन कर अल्बुकर्क भारत आया। वह मेधावी, योद्धा तथा महत्त्वाकांक्षी था। उसने सन् 1510 ई० में गोवा जीता। फिर मलाक्का तथा ओर्मज को जीता और वहाँ शासन व्यवस्था में पुर्तगाली अफसर नियुक्त किये। हिन्दुओं को उसने सम्मान दिया और मुसलमानों की उपेक्षा की। पुर्तगालियों को भारतीय स्त्रियों से विवाह करने हेतु, उसने प्रोत्साहन दिया। वह हिन्दू तथा पुर्तगालियों के बीच समान रूप से लोकप्रिय था। जब सन् 1515 ई० में उसकी मृत्यु हुई तब दोनों को ही गहरा धक्का पहुँचा। इतिहासकार उसे भारत में पुर्तगाल साम्राज्य की नींव रखने वाला मानते हैं।

धीरे-धीरे पुर्तगालियों की शक्ति बढ़ती गई। वे दमन, द्यू, आदि पर अपना अधिकार जमाने में सफल हुए। उन्होंने समुद्री मार्ग पर भी अधिकार जमा लिया था। पुर्तगालियों का गोआ पर अधिकार हो जाने से जहाँ उनका प्रभाव बढ़ा, वहां बीजापुर के साथ उनके सम्बंध बिगड़ गये।

पुर्तगालियों के प्रवेश से भारत की राजनीति पर कोई ख़ास प्रभाव नहीं पड़ा। वे प्रसाधन वस्तुएँ तथा यूरोप की आधुनिक वस्तुओं के अलावा भारत में और कुछ नहीं बेच सके। हाँ, काली मिर्च का व्यापार वे यूरोप में अच्छा ज़रूर कर सके।

धीरे-धीरे पुर्तगालियों की शक्ति क्षीण होती गई। 1580 ई० में पुर्तगाल स्पेन का एक भाग बन कर रह गया। गोआ, द्यू व दमन को छोड़ कर शेष सारा अधिकृत क्षेत्र उनके हाथ से निकल गया।

पुर्तगालियों ने यहाँ खूब रिश्वत ली थी। ईसाई धर्म को न मानने वालों पर अत्याचार किये। हिन्दू मन्दिरों को तोड़ा था। ज़बर्दस्ती भारतीयों को ईसाई बनाने के लिए प्रयास किया। इन कारणों से उनको मुँह की खानी पड़ी।

डच

सन् 1592 आम्स्टर्डम के व्यापारी वर्ग ने डच कम्पनी की स्थापना की। 1595 में कार्नीलियस हाउटमैन भारत की ओर रवाना हुआ। वह दो वर्ष बाद भारत से लौटा। उसके साथ काफी माल था। भारत से व्यापारिक सम्बंध जोड़ने वाली अनेक डच कम्पनियों को मिला कर सन् 1602 ई० में डच ईस्ट इण्डिया कम्पनी की स्थापना की गई। इस कम्पनी को पूर्वी भारत से व्यापार का एकाधिकार मिल गया। यह कम्पनी फौज रख सकती थी। संधि कर सकती थी। किले बना सकती थी। उपनिवेशों पर अधिकार कर सकती थी।

शुरू में डचों व अंग्रेज़ों में खूब पटी, क्योंकि दोनों प्रोटैस्टेंट विचारधारा के समर्थक थे। जबकि स्पेन तथा पुर्तगाल वाले कैथोलिक विचारधारा के थे। लेकिन ध्यान रहे इन दोनों—डचों तथा अंग्रेज़ों का उद्देश्य व्यापार पर एकाधिकार करना था। इसका परिणाम यह हुआ कि सन् 1623 में अम्बोयना में डचों तथा अंग्रेज़ों के बीच घमासान युद्ध हुआ। अंग्रेज़ों को गरम मसाले वाले द्वीप को छोड़ कर भारत में आना पड़ा। डचों ने पुर्तगालियों से मलाक्का प्रदेश छीना था। सन् 1658 में श्रीलंका को भी जीत लिया था। मद्रास (तमिलनाडु) तट के अनेक प्रदेश जीतने पर भी डचों की स्थिति महत्त्वपूर्ण नहीं बन सकी थी।

डेनमार्क वासी

डेनमार्क वासी भी अन्य यूरोपीय व्यापारियों की तरह भारत में आये। सीरामपुर पर अधिकार किया। तन्जौर व ट्रावनकोर को आबाद किया। लेकिन इनको इससे कोई खास तसल्ली नहीं हुई और सन् 1845 में ये अपने अधिकार क्षेत्र की भारतीय बस्तियों को बर्तानिया सरकार को बेच कर भारत से रुखसत हो गये।

फ्रांसीसी

बच्चो तुमको यह जानकर आश्चर्य होगा कि उस समय सारा यूरोप भारत पर

आँख लगाये हुए था। सबकी दृष्टि भारत के अपार धन पर लगी हुई थी। उस समय का भारत व्यापार की दृष्टि से बहुत सम्पन्न था। प्रारम्भ में भारत के बने जलपोत सबसे अधिक मज़बूत माने जाते थे। काउण्टी जैसे विख्यात यात्री ने यह स्वीकार किया है कि भारत में उसने जितने विशाल जलपोत देखे उतने बड़े सारे यूरोप में उसने कहीं नहीं देखे। तब चीन, जापान और दक्षिणी अफ्रीका में चलने वाले अधिकांश जलपोत भारत-निर्मित हुआ करते थे।

भारत तब रेशमी कपड़ों का घर था। टर्की, ईरान, अरब, स्याम, अफ्रीका, अबीसीनिया, अमेरिका, इंग्लैण्ड तक भारतीय कपड़ा जाता था। लंका, बर्मा, मलाया, चीन, जापान, फिलीपाइन, आदि शहरों के बाज़ार भारतीय कपड़ों से पटे हुए होते थे। भारत का बना कपड़ा सर्वोत्तम माना जाता था। बनावट तथा मज़बूती में उसका सानी नहीं था। पुर्तगाल के प्रसिद्ध यात्री पिरार्ड ने लिखा है :

सत्रहवीं शताब्दी के आरम्भिक वर्षों में भी भारत में कपड़ा व्यवसाय इतना अधिक होता था जो अफ्रीका तथा चीन में बड़ी मात्रा में फैला हुआ था। ये कपड़े करघे द्वारा तैयार होते थे और बंगाल में घर-घर में कपड़े बुने जाने के कारखाने थे।

विदेशी कपड़ा भारत के कपड़े के सामने न टिकाऊ था और न सुन्दर। लेकिन यूरोपीय जातियाँ बराबर भारत के ऐश्वर्य के प्रति आकृष्ट थीं और किसी न किसी तरह अपना उल्लू सीधा करना चाहती थीं। इससे सहज अनुमान लगाया जा सकता है कि विदेशों में, खासकर यूरोपीय देशों में भारत पहुँच कर मालामाल होने की बलवती इच्छा थी। फ्रांसीसियों ने भी अपने भाग्य आज़माने के लिए प्रयत्न किये। वहाँ भी फ्रांसीसी ईस्ट इण्डिया कम्पनी की स्थापना हुई। फ्रांस के सम्राट बारहवें लुई ने पूर्व में व्यापार करने हेतु इस कम्पनी को पूर्ण अधिकार दे दिये। सन् 1664 में कोल्बर्ट तथा चौदहवें लुई के नेतृत्व में पुनः एक नई कम्पनी की स्थापना हुई। कारण, पहले वाली फ्रांसीसी ईस्ट इण्डिया कम्पनी पूर्णतया असफल हो गई थी। इस नई कम्पनी को फ्रांस सरकार का संरक्षण पूर्णतया प्राप्त हुआ। फ्रांसीसी-अधिकृत भारतीय प्रदेशों की रक्षा का भार फ्रांस की सरकार ने स्वयं अपने ऊपर ले लिया।

दिसम्बर, सन् 1667 में इस कम्पनी के डायरेक्टर जनरल फ्रांसिस केरन ने सूरत में पहला फ्रांसीसी कारखाना प्रारम्भ कराया, उसके दो साल बाद मसूलीपट्टम में दूसरा कारखाना खुलवाया। इस कारखाने के खोलने में न केवल गोलकुण्डा के नवाब ने सहायता की, अपितु निर्यात-करों में छूट देकर इस कारखाने की जड़ें भी मज़बूत कीं।

इस कम्पनी का दूसरा डायरेक्टर जनरल फ्रांसिस मार्टिन बना। पाण्डिचेरी की बस्ती की स्थापना उसी ने की थी। वह पाण्डिचेरी का गवर्नर भी बना था। सन् 1739 तक बालासोर, माही (मालाबार तट पर) चन्द्रनगर, कासिम बाज़ार तथा कोरोमण्डल तट पर करीकल फ्रांसीसी अधिकार में आ चुका था। यहाँ उनकी कोठियां तथा किले बन चुके थे।

इस प्रकार यूरोपीय देशों ने भारत में व्यापार करने तथा भारतीय व्यापार को खत्म करने की शुरूआत भारत में की। यहाँ की आपसी फूट से लाभ उठाया और चालाकी तथा धूर्तता से अपना काम निकाला। कहना चाहिए इन लोगों ने भारतीय जीवन में खतरनाक विष बोना शुरू कर दिया। हालाँकि ईस्ट इण्डिया कम्पनी के पाँव मज़बूत करने के लिए ही यूरोपीय जातियाँ भारत में आती रहीं, लेकिन उनमें से जो न्यायप्रिय, ईश्वरभक्त तथा ईमानदार थे, उनको कम्पनी का अत्याचार बर्दाश्त नहीं हुआ। डाक्टर रसेल ने लिखा है:

''ईस्ट इण्डिया कम्पनी ने भारत में जो शासन प्रारम्भ किया था, उसमें प्रारम्भ से ही अन्याय और अत्याचार से काम लिया गया था। कम्पनी के छोटे और बड़े—सभी लोगों ने लूटना, धन कमाना और देश को नष्ट-भ्रष्ट करना अपना ध्येय बना लिया था। उसके अन्याय को रोकने के लिए कोई रास्ता नहीं था।''

लोक-प्रसिद्ध दार्शनिक स्पेन्सर ने भी लिखा है:

"पिछली शताब्दी में अंग्रेज़ों ने भारतीयों के साथ जो अत्याचार किये हैं, वे अत्याचार पेरु और मेक्सिको के रहने वालों के अत्याचारों की याद दिलाते हैं।" विलियम हाविट ने भी स्पष्ट शब्दों में लिखा है कि "भारत में कब्ज़ा करने के लिए ईस्ट इण्डिया कम्पनी को जिस दूषित नीति का सहारा लेना पड़ा, ईसाई नीति के प्रतिकूल उससे अधिक नीचता की कल्पना नहीं की जा सकती।"

बच्चो, इससे यह स्पष्ट हो जाता है कि भारत में शरण पाने वाली जातियों ने इस देश के प्रति कितना बुरा और मक्कारी से भरा षड्यंत्र रचा था जिसे कदापि इतिहास मुआफ़ नहीं कर सकता। वास्तव में वह मानवता के नाम पर धब्बा है। ऐसा सोचना कितना गलत है कि भारतीय सदैव से गरीब और अकुशल रहे हैं। भारत की गरीबी का कारण उसकी परस्पर की फूट थी, जिसके बीज इन बाहरी कौमों ने तेज़ी से बोये और स्वयं लाभ उठाया।

बच्चो, तुम्हें बन्दर बाबा के न्याय का किस्सा याद होगा जो दो बिल्लियों की रोटी का बंटवारा करने के बहाने सारी की सारी रोटी स्वयं डकार गया था। बिल्कुल वही बात इन विदेशी जातियों की नीति में आप शुरू से अन्त तक पाएँगे।

3. विदेशी कम्पनियों में तनातनी

भारत में स्थापित इन विदेशी कम्पनियों में आपस में तनातनी शुरू हो गई, क्योंकि इनमें से हरेक व्यापार पर अपना एकाधिकार चाहता था। यह तो हम आपको बतला चुके हैं कि अंग्रेज़ी ईस्ट इण्डिया कम्पनी एक गैर-सरकारी उद्योग था जबकि फ्रांसीसी ईस्ट इण्डिया कम्पनी एक तरह से सरकारी संरक्षण में थी। फ्रांसीसी कम्पनी की अपेक्षा अंग्रेज़ी कम्पनी सुदृढ़ थी और व्यापार करने में बहुत कुशल थी। उसका कार्यक्षेत्र भी अपेक्षाकृत व्यापक था। फ्रांसीसी कम्पनी तो एक बार उखड़ भी चुकी थी। उसके मार्ग में अनेक कठिनाइयाँ थीं। इसलिए यह स्वाभाविक था कि उसे जमने के लिए स्थितियों को अपने अनुकूल मोड़ना था और अंग्रेजी कम्पनी के प्रभाव को कम करना था।

यह भी आप अच्छी तरह से जानते हैं कि शुरू-शुरू में इन कम्पनियों ने व्यापारिक बुद्धि और शक्ति से भारत के सम्राट तथा छोटे-छोटे राजाओं से निर्यात-आयात की सुविधा प्राप्त की थी। कर की छूट भी प्राप्त की थी। इनका एक ही उद्देश्य था कि भारतीय व्यापार को किसी न किसी प्रकार नष्ट किया जाये तथा अपने पांव जमाये जायें।

आप को याद होगा कि इन कम्पनियों ने अपना कार्यक्षेत्र प्रारम्भ में समुद्र-तट को चुना था क्योंकि ये समुद्र के मार्ग से भारत पहुँचे थे और उस वक्त केन्द्र में मज़बूत शासन था।

दक्षिण में अंग्रेज़ों तथा फ्रांसीसी कम्पनियों के बीच तीन युद्ध हुए।

प्रथम युद्ध

प्रथम युद्ध (1746-48) के समय डुप्ले पांडिचेरी का गवर्नर था। डुप्ले ने मारिशस के गवर्नर ला बौर्डोना की सहायता प्राप्त की थी। वह नौसेना लेकर कोरोमण्डल के तट पर आ पहुँचा था। कुछ समय तक फ्रांसीसियों तथा अंग्रेज़ों की

सेना के बीच युद्ध चलता रहा। अचानक अंग्रेज़ सेना लंका की ओर रवाना हो गई। इससे डुप्ले अपनी स्थिति को सुदृढ़ समझा और ला बौर्डोना को मद्रास की घेराबन्दी करने के लिए कहा। अंग्रेज़ कर्नाटक के नवाब अनवरुद्दीन के पास पहुँचे। डुप्ले ने मद्रास को जीत कर नवाब अनवरुद्दीन को सौंपने का वायदा किया। नवाब मान गया और मद्रास को वह अपने अधीन कर लेने में सफल हो गया। इस वक्त डुप्ले तथा ला बौर्डोना के बीच मतभेद पैदा हो गया। फलतः ला बौर्डोना ने अंग्रेज़ों से एक लाख पागेडे (सिक्के) का उत्कोच लेकर मद्रास लौटा दिया। डुप्ले ने पुनः मद्रास जीता और वह नवाब को लौटाने से साफ मुकर गया।

नवाब अनवरुद्दीन ने डुप्ले की इस चाल से नाखुश होकर अपनी सेना भेजी। मद्रास के नज़दीक अडियार में दोनों सेनाओं के बीच घमासान युद्ध हुआ। इस युद्ध में नवाब की सेना की पराजय हुई।

इस प्रथम युद्ध का परिणाम यह हुआ कि ऐक्स-ला-शिपेल की संधि के कारण, मद्रास अंग्रेज़ों को लौटाना पड़ा और फ्रांसीसियों को उत्तरी अमेरिका में लुइबर्ग मिल गया।

द्वितीय युद्ध

ऐक्स-ला-शिपेल की संधि से अंग्रेज़ तथा फ्रांसीसी व्यापारी शान्तिपूर्वक भारत में रहेंगे, यह आशा की गई थी, लेकिन ऐसा हुआ नहीं। डुप्ले महत्त्वाकांक्षी व्यक्ति था। उसने भारतीय राजनीति में दखल देने की ठान ली थी। आसफ़जाह निज़ामुल्मुल्क की मृत्यु से तख्त के लिए उसके द्वितीय पुत्र नासिरजंग और उनके नाती मुज़फ़्फ़रजंग (आसफ़जाह की पुत्री का पुत्र) में संघर्ष शुरू हो गया था। डुप्ले के लिए यह अच्छा मौका था। वह भारत की राजनीति में आसानी से हस्तक्षेप कर सकता था। यद्यपि गद्दी पर नासिरजंग को बिठाया जा चुका था तथापि उसका नाती अपने को

हैदराबाद की गद्दी का उत्तराधिकारी बतला रहा था। उसे मुगल सम्राट् ने वहाँ का सूबेदार बनाया है, वह अपने पक्ष में यह प्रचार कर रहा था।

ठीक इसी प्रकार की स्थिति कर्नाटक में थी। दोस्तअली के बाद अनवरुद्दीन वहाँ का नवाब हुआ। लेकिन उससे लाग अप्रसन्न थे और वे दोस्तअली के दामाद चंदा साहब को वहाँ का नवाब बनाना चाहते थे। मुज़फ़्फ़रजंग चंदा साहब से मिल गया। डुप्ले ने चंदा साहब तथा मुज़फ़्फ़रजंग दोनों से संधि कर ली। उधर अंग्रेज़ नासिर जंग की सहायता करने के लिए राज़ी हो चुके थे।

घमासान युद्ध हुआ। नासिरजंग जीता। मुज़फ़्फ़रजंग पकड़ा गया। उसे बंदी बना लिया गया। लेकिन होनहार बलवती हुई। नासिरजंग की सेना ने उसका साथ नहीं दिया और वह मारा गया। मुजफ़्फ़रजंग ने पचास हज़ार पौण्ड कम्पनी को नकद दिया। साथ में जागीर भी दी। उधर चंदा साहब को अर्काट का नवाब स्वीकार कर

लिया गया। अब मुजफ़्फ़रजंग हैदराबाद का नवाब बन चुका था। इस युद्ध में फ्रांसीसी कम्पनी को भरपूर उपहार मिले। साथ में जागीर भी मिली। अब उसके प्रभाव में कर्नाटक और हैदराबाद दोनों आ चुके थे।

अंग्रेज़ों को यह बर्दाश्त नहीं हुआ। अनवरुद्दीन के मारे जाने पर उसके पुत्र मुहम्मद अली ने त्रिचनापल्ली के किले में शरण ली। अंग्रेज़ों ने उसकी मदद की। फ्रांसीसी सेना ने त्रिचनापल्ली की घेराबन्दी की। लेकिन अंग्रेज़ों के दखल के कारण वे

सफल नहीं हो सके। वास्तव में इस वक्त अंग्रेज़ों की स्थिति बहुत पतली थी। त्रिचनापल्ली के पतन में कोई देर नहीं दिखलाई दे रही थी। इस विषम परिस्थिति में क्लाइव भारत आया। उसकी सूझ-बूझ से फ्रांसीसी सेना के पाँव लड़खड़ा गये, क्योंकि उसने अंग्रेज़ सेना को लेकर अर्काट की घेराबन्दी शुरू कर दी। फलत: फ्रांसीसियों को अर्काट की रक्षा के लिए त्रिचनापल्ली से हटने के लिए विवश होना पड़ा।

परिणामत: अर्काट पर से फ्रांसीसी प्रभाव का सूर्यास्त हो गया। युद्ध में चंदा साहेब खेत रहे और मुहम्मद अली नवाब बना। डुप्ले की नीति-चातुरी चारों खाने चित आई। फ्रांसीसी सरकार ने सन् 1754 में उसे वापिस बुला लिया। उसकी जगह गोर्डेहियू ने संभाली।

इस युद्ध के बाद दोनों कम्पनियों के बीच यह समझौता हुआ कि वे भारत के राजनीतिक झंझटों में तटस्थ बनी रहेंगी। अंग्रेज़ तथा फ्रांसीसी इस संधि के मुताबिक अपनी पुरानी स्थिति में लौट गयें। इससे अंग्रेज़ों को बहुत लाभ हुआ। डुप्ले, जो कि भारत से लौट गया था, इस संधि से बहुत दु:खी हुआ और उसने इसे 'देश का नाश व जाति के लिए अपमान' बतलाया।

तृतीय युद्ध

वास्तव में अंग्रेज़ों तथा फ्रांसीसियों के बीच हुई यह संधि महज़ एक शान्ति का बहाना था। अन्दर ही अन्दर दोनों अपनी स्थिति सुदृढ़ करने में लगे हुए थे। सन् 1756 में जब यूरोप में सात वर्षीय युद्ध प्रारम्भ हुआ तब दोनों जातियाँ भारत में आमने-सामने आ गईं। फ्रांस सरकार ने अपनी खोयी हुई प्रतिष्ठा को प्राप्त करने हेतु—गवर्नर तथा कमाण्डर इन चीफ़ के रूप में काउण्ट लाली को भारत भेजा। उसके साथ फौज भी भेजी। अंग्रेज़ों ने समुद्री मार्गों पर अच्छा प्रभाव व आतंक जमाया हुआ था। इसलिए काउण्ट लाली को भारत तक पहुँचने में बहुत कठिनाइयों का सामना करना पड़ा। आते-आते ही उसने सेंट डेविड के किले पर अधिकार कर लिया। इसी समय उसने दक्षिण से बुस्से को बुलवा कर बहुत बड़ी गलती की, क्योंकि इसके फलस्वरूप दक्षिण भारत में फ्रांसीसियों का प्रभाव समाप्त हो गया था। उसने मद्रास जीतना चाहा, जिसमें उसको पराजय का मुँह देखना पड़ा। हार कर वह पांडिचेरी लौट आया।

वह वैण्डीवाश के युद्ध (जनवरी 1767) में सर ऐरकूट से बुरी तरह पराजित हुआ। यह युद्ध निर्णायक सिद्ध हुआ। बुस्से बन्दी बना लिया गया। काउण्ट लाली ने पांडिचेरी में हथियार डाल दिये। पेरिस संधि के बाद फ्रांस की बस्तियों पर फ्रांसीसियों का अधिकार हो गया परन्तु उनसे दुर्ग रचना का अधिकार छीन लिया गया। वे अब शक्तिहीन थे। डुप्ले ने जो देखा था वह स्वप्न खत्म हो गया, जिसके लिए उसने भारतीय राजनीति में दखल देने की नीति को अपनाया था।

यह सब 1763 तक हो चुका था। डुप्ले की मृत्यु 1764 में हुई थी।

4. बंगाल की दीवानी के लिए ईस्ट इंडिया कम्पनी की जोड़-तोड़

अब अंग्रेज़ों की स्थिति काफी सुदृढ़ हो चुकी थी। यरोपीय कम्पनियों में उनका सामना करने की पहले जैसी शक्ति नहीं रह गई थी। दूसरे, राजाओं और नवाबों पर भी उनका प्रभाव जम चुका था।

औरंगज़ेब का देहान्त हो गया था। मुगल सल्तनत बिखरने लगी थी। सूबेदार स्वतंत्र होने की तैयारी कर रहे थे।

बंगाल पर मुगलों का अधिकार था। परन्तु मुगलों की कमज़ोरी से लाभ उठा कर अलीवर्दी खाँ ने बलपूर्वक बंगल पर आधिपत्य जमा लिया था। वह वहाँ का नवाब बन बैठा था।

अलीवर्दी खाँ तुर्क था। वह उद्भट योद्धा था। उसको दिल्ली दरबार से 'महावतजंग' की उपाधि मिली थी। बाद में उसने मुगल सम्राट् को दो करोड़ रुपया भेंट करके खुश कर लिया था।

वह बंगाल का नवाब बनने के बाद से अर्थात् सन 1740 से लगातार मराठों से जूझता रहा। मराठों को उसने चुप करने के लिए उड़ीसा सौंप दिया था। साथ में छह लाख रुपया वार्षिक चौथ के रूप में देना भी स्वीकार कर लिया था।

अंग्रेज़ों से उसकी दोस्ती रही थी। जहाँगीर तथा शाहजहाँ से अंग्रेज़ों ने चुंगी मुआफ़ कराने की जो माँग की थी, वह अपने देश से लाने वाले माल पर थी। लेकिन अब उन्होंने किसी प्रकार की चुंगी देने से साफ इनकार कर दिया था। फलस्वरूप अलीवर्दी खाँ का खज़ाना खाली होने लगा।

अंग्रेज़ अन्दर ही अन्दर राजनीति में हिस्सा ले रहे थे। उनको बंगाल के सूबेदार से गोविन्दपुर, कालीकत्ता और सूता नदी नामक जो तीन ग्राम मिले थे, उनको जोड़ कर उन्होंने खासा कलकत्ता शहर बसा लिया था। इसके साथ ही मज़बूत किला भी बना

लिया था। एक किला उन्होंने मद्रास में भी बना लिया था। फ्रांसीसियों की देखादेखी उन्होंने नवाबों के यहाँ अपनी फौज रखनी शुरू कर दी थी। अब वे व्यापार तथा शहर की रक्षा के लिए अपने-आपको स्वावलम्बी अनुभव करने लगे थे।

अलीवर्दी खाँ की तीन पुत्रियाँ थीं। पुत्र कोई नहीं था। उसने अपनी सबसे छोटी लड़की के पुत्र सिराजुद्दौला को अपना उत्तराधिकारी नामज़द कर दिया था। इससे दोनों दामाद नाराज़ हो गये थे और षड्यंत्रों में हिस्सा लेने लगे थे।

अन्त के समय अलीवर्दी खाँ बहुत शान्तिप्रिय व्यक्ति हो गया था। उसकी इस कमज़ोरी से उसके आसपास के सगे-सम्बन्धियों तथा दरबारियों ने लाभ उठाया और वे कुचक्र रचने लगे। चारों तरफ का वातावरण अशान्त हो उठा। उसने 10 अप्रैल, 1756 को प्राण छोड़ दिये।

बंगाल की गद्दी पर उसका मनोनीत उत्तराधिकारी सिराजुद्दौला बैठा। उस समय उसकी अवस्था 24 वर्ष की थी।

अलीवर्दी खाँ की सबसे छोटी पुत्री पटना के सूबेदार की विधवा थी। सिराजुद्दौला को अलीवर्दी खाँ बहुत प्यार करता था।

अलीवर्दी खाँ की सबसे बड़ी लड़की का विवाह पूर्णिया के सूबेदार के साथ हुआ था। था। उसका पुत्र शौकतजंग था, जिसे अलीवर्दी खाँ चाहता तो था लेकिन सिराजुद्दौला से कम। शौकतजंग भी नवाब बनना चाहता था। उसे अपनी माँ तथा दीवान राजवल्लभ का समर्थन मिला हुआ था।

इन तीनों ने—शौकतजंग, उसकी माँ तथा दीवान राजवल्लभ—सत्ता के लिए अन्दर ही अन्दर संघर्ष शुरू कर दिया था।

इधर अंग्रेज़ों ने बिना अनुमति के बंगाल में अपनी बस्तियों में किले बनाने का काम ज़ोर-शोर से शुरू कर दिया था। नवाब सिराजुद्दौला को अंग्रेज़ों की यह बात नागवार लगी और उसने किलों को गिराने का आदेश दे दिया। अंग्रेज़ों ने उस आज्ञा का खुला उल्लंघन किया। नवाब को उन पर आक्रमण करने का बहाना मिल गया।

जगतसेठ तथा कलकत्ता का प्रसिद्ध व्यापारी अमीचंद भी सिराजुद्दौला के खिलाफ़ थे। अमीचन्द पंजाबी था और अंग्रेज़ों की मदद कर रहा था। उसकी मदद से कर्नल स्काट ने बड़े-बड़े हिन्दू राजाओं तथा रईसों को अपनी ओर मिलाने में सफलता पाई थी।

चन्द्रनगर में फ्रांसीसियों की सरगर्मियाँ भी तेज़ हो चली थीं। वे किले बनाने में जुट गये थे।

अलीवर्दी खाँ स्वाभिमानी और पराक्रमी था। लेकिन बहुत बूढ़ा होने के कारण वह अंग्रेज़ों की गतिविधियों को समझते हुए भी उनका कुछ बिगाड़ नहीं सका। लेकिन सिराजुद्दौला को अपने मरने से पूर्व वह अंग्रेज़ों से सावधान रहने की नसीहत ज़रूर दे गया था।

अंग्रेज़ों की इतनी हिम्मत खुल गई थी कि वे नवाब के दरबारी और शत्रु को अपने यहाँ पनाह देने लगे थे। अनेक सेठ-साहूकारों को उन्होंने शरण देनी शुरू कर दी। नवाब की वे रत्ती-भर भी परवाह नहीं करते थे।

सिराजुद्दौला के लिए यह समय बहुत नाजुक था। वह दूरदर्शी था। जानता था कि वह चारों ओर से शत्रु से घिरा हुआ है। उसने सबसे पहले आन्तरिक सुरक्षा को सुदृढ़ करने की दृष्टि से अपनी मौसी घसीटा बेगम की जागीर ज़ब्त कर ली और महल में ही उसे नज़रबन्द कर दिया। इसके बाद उसने पूर्णिया के सूबेदार शौकतजंग की ओर विशाल सेना लेकर चढ़ाई कर दी। शौकतजंग घबरा उठा। उसने सिराजुद्दौला को बहुमूल्य चीज़ें उपहार में दीं और उसे नवाब के रूप में मानना स्वीकार कर लिया।

इधर घसीटा बेगम, दीवान राजवल्लभ तथा उसका लड़का कृष्णवल्लभ कलकत्ता में अंग्रेज़ों की शरण में जा पहुँचे। कृष्णवल्लभ तो शाही खज़ाना लेकर शरण में आया था। सिराजुद्दौला ने कलकत्ता के अंग्रेज़ सूबेदार को लिखा कि वह उन राजद्रोहियों को उन्हें सौंप दे। परन्तु उसने एक नहीं सुनी।

इस दरम्यान शौकतजंग ने मुगल सम्राट् से बंगाल की नवाबी की सनद प्राप्त कर ली। फलतः सिराजुद्दौला ने उसे सबक सिखलाने हेतु उस पर आक्रमण कर दिया, जिसमें शौकतजंग बुरी तरह से पराजित हुआ।

अब सिराजुद्दौला ने अपना ध्यान अंग्रेज़ों तथा फ्रांसीसियों की ओर दिया। अंग्रेज़ों के माल पर चुंगी नहीं लगती थी–उनको छूट मिली हुई थी। अंग्रेज़ इस छूट का नाजायज़ लाभ उठा रहे थे। वे देशी व्यापारियों को अपने हस्ताक्षर कर एक पर्ची दे दिया करते थे कि अमुक व्यापारी उनका माल ले जा रहा है। इसी समय यूरोप में अंग्रेज़ों तथा फ्रांसीसियों के बीच युद्ध होने के आसार नज़र आने लगे थे। ये दोनों अच्छी तरह से इस बात को समझते थे कि सिराजुद्दौला उनसे युद्ध का बहाना ढूँढ़ रहा था।

बंगाल में अंग्रेज़ तथा फ्रांसीसी दोनों ही सैनिक तैयारियों में जुट गये थे। किलेबन्दियों का काम शुरू हो चुका था। सिराजुद्दौला ने उसके लिए उनको रोकना चाहा, परन्तु उन पर उसकी इस बात का कोई असर नहीं हुआ। वे बराबर देशी व्यापारियों को रिश्वत लेकर पर्ची काटते रहे और किलेबन्दी पूर्ववत् ही करते रहे।

शौकतजंग को रौंदने को जाते हुए उसने अंग्रेज़ों को किलेबन्दी तुरन्त रोकने का आदेश दिया था। वह शौकतजंग को परास्त कर शीघ्र ही मुर्शिदाबाद लौट आया। क्योंकि उसे खबर मिली थी कि अंग्रेज़ उसके आदेश को मानने के लिए तैयार नहीं हैं।

24 जून, 1756 को सिराजुद्दौला ने कासिम बाज़ार के लिए अपनी सेना रवाना कर दी थी ताकि अंग्रेज़ों की कोठियों को घेरा जा सके। अंग्रेज़ों की तोपों का प्रभाव कुछ खास नहीं हुआ। उनको मात खानी पड़ी। अंग्रेज़ी अफसर वाटसन ने कोठी सिराजुद्दौला के हवाले कर दी। अंग्रेज़ कलकत्ता में भी उसकी सेना से पराजित हुए। अनेक अंग्रेज़ों ने आत्मसमर्पण कर दिया। इस प्रकार फोर्ट विलियम पर सिराजुद्दौला का अधिकार हो गया था।

काली कोठरी

बहुत आसानी से सिराजुद्दौला ने कासिम बाज़ार के अंग्रेज़ी कारखानों को अपने अधिकार में ले लिया था। कलकत्ता की मामूली-सी इस लड़ाई में 'काली कोठरी' की कहानी ने अपना रंग दिखलाया। प्रायः सभी अंग्रेज़ इतिहासकारों ने इस 'काली कोठरी' पर डटकर कलम चलायी और यह सिद्ध किया कि नवाब के सैनिकों ने जघण्य अपराध किया था।

अंग्रेज़ों की इस कोठी के अन्दर एक छोटी कोठरी थी। इस कोठरी का उपयोग कर्ज़दारों, भारतीय अपराधियों तथा राष्ट्रद्रोही अंग्रेज़ अफसरों को बन्द करने के लिए किया जाता था।

यह कोठरी 18 फुट लम्बी तथा 14 फुट 10 इंच चौड़ी थी। जून तप रहा था। इस 'काली कोठरी' में 146 व्यक्तियों को बंद किया गया था। इनमें एक युवती भी थी। फलतः 123 व्यक्ति दम घुट जाने के कारण मर गये। कुल 23 व्यक्ति शेष रहे थे। शेष व्यक्तियों में हालवेल भी था। हालवेल ने इस दुर्घटना का वर्णन किया है। इसके अतिरिक्त और कहीं इस घटना का वर्णन नहीं मिलता है। इस दुर्घटना को 'ब्लैक होल' के नाम से याद किया जाता है।

प्यारे बच्चो, सभी निष्पक्ष इतिहासकार इस दुर्घटना को एक मत से कल्पित मानते हैं। वास्तव में अंग्रेज़ों में आक्रोश तथा उत्तेजना पैदा करने के लिए इस कल्पित कहानी को हवा दी गई थी। इसके पीछे उनका उद्देश्य नवाब को बदनाम करना था। हालवेल ने अपनी तरक्की के लिए भी इस दुर्घटना का प्रचार किया था, ऐसा माना जाता है।

5. क्लाइव का आगमन

सिराजुद्दौला निर्दय नहीं था। फिर ऐसा करने के पीछे उसका कोई उद्देश्य भी नहीं था। अंग्रेज़ इस झूठे प्रचार से लाभ उठाना चाहते थे। मद्रास में जैसे ही इस घटना के सम्बंध में मालूम पड़ा वैसे ही एडमिरल वाटसन तथा क्लाइव को बंगाल भेजा गया ताकि वे वहाँ पहुँच कर नवाब को खासा पाठ पढ़ा सकें।

वास्तव में अभी तक सिराजुद्दौला को घर में सफलता नहीं मिली थी। वहाँ अन्दर ही अन्दर षड्यंत्र चल रहे थे। बेहद आन्तरिक कलह था।

कलकत्ता की कोठी पर अधिकार करने के बाद सिराजुद्दौला ने उसकी सुरक्षा के लिए कुछ भी नहीं किया।

उधर क्लाइव तथा गुप्तचरों ने मिल कर नवाब के विरुद्ध वातावरण तैयार करना शुरू कर दिया। यहाँ तक कि दरबार के दबंग सेनापतियों, व्यापारियों तथा

सेठों को अपनी ओर फोड़ने में अंग्रेज़ सफल हो गये। कुछ सामन्त भी अंग्रेज़ो की तरफ चले आये थे। सिराजुद्दौला इन षड्यन्त्रों से अनभिज्ञ था।

राजा मानिकचन्द, जिस पर कलकत्ता के किले का दायित्व था, अंग्रेज़ों से मिल चुका था। अंग्रेज़ों ने अत्यन्त विनम्र होकर नवाब से प्रार्थना करनी शुरू कर दी कि उन्हें पुनः बंगाल में व्यापार करने की अनुमति दी जाये।

क्लाइव व एडमिरल वाटसन के नेतृत्व में आई अंग्रेज़ी सेना ने तुरन्त ही कलकत्ता पर आधिपत्य कर लिया, क्योंकि राजा मानिकचन्द ने अंग्रेज़ों के साथ मात्र औपचारिक युद्ध किया था।

नवाब ऐसी स्थिति में नहीं था कि अंग्रेज़ों को वहाँ से बाहर खदेड़ सके। अतः अंग्रेज़ों के साथ उसे 9 फरवरी, 1757 को अलीनगर की संधि करनी पड़ी। इस संधि के अनुसार अंग्रेज़ों को पुरानी व्यापारिक सुविधाएं प्रदान की गईं और एक भारी रकम उनको देनी पड़ी। इसका परिणाम यह हुआ कि अंग्रेज़ों ने किलेबन्दी फिर से शुरू कर दी और सेना भी बढ़ा ली। उनकी स्थिति पहले से बहुत अच्छी हो गई।

सिराजुद्दौला का यहाँ से पतन-काल शुरू हो गया। वह जानता था कि यदि वह इस वक्त अंग्रेज़ों से युद्ध ठान ले तो उसके साथी दरबारी तथा सेनापति उसे धोखा देंगे और उसे पराजय का मुँह देखना पड़ेगा। वह समय चाहता था जिससे वह अपनी स्थिति संभाल सके। लेकिन उसकी यह इच्छा कभी पूरी नहीं हो सकी।

सप्तवर्षीय युद्ध

यूरोप में सप्तवर्षीय युद्ध छिड़ गया। फ्रांस और ब्रिटेन यूरोप में एक-दूसरे के विरुद्ध थे। इसका प्रभाव भारत में यह पड़ा कि अंग्रेज़ों ने चन्द्रनगर पर धावा बोल दिया। चन्द्रनगर में फ्रांसीसी थे। सिराजुद्दौला की वह प्रजा थे। उसको उनकी रक्षा करनी चाहिए थी। लेकिन उसे अहमदशाह अब्दाली के बंगाल पर आक्रमण करने की आशंका थी और अंग्रेज़ों तथा अब्दाली दोनों से युद्ध कर सकने लायक उसकी स्थिति नहीं थी। यह सोचते हुए उसने चन्द्रनगर की रक्षा नहीं की। अंग्रेज़ों का उस पर अधिकार हो गया। इससे अंग्रेज़ों के प्रतिद्वन्द्वी फ्रांसीसियों की स्थिति बहुत पतली हो गई। फ्रांसीसी सिराजुद्दौला के विरुद्ध हो गये। हालांकि उसने चन्द्रनगर से भागे हुए फ्रांसीसियों को अपने यहां शरण दी थी। लेकिन उससे उसे कोई लाभ मिलने वाला

नहीं था। उसने फ्रांसीसियों की मदद न कर बहुत बड़ी गलती की थी जिसका परिणाम उसे निकट भविष्य में ही भोगना पड़ा।

षड्यंत्र

फ्रांसीसियों को शरण देने के कारण से अंग्रेज़ सिराजुद्दौला से नाराज़ हो उठे और वे उसे इसका दंड देने की तैयारी में जुट गये। नवाब ने बुस्से से सहायता मांगी थी। अंग्रेज़ों को यह डर था कि वह फ्रांसीसियों से मिल कर कहीं उन्हें बंगाल से बाहर निकालने का प्रयत्न नहीं करे। सिराजुद्दौला की शक्ति से अंग्रेज़ डरते थे।

क्लाइव ने इस समय की स्थिति का जायज़ा लेकर षड्यंत्रों की राजनीति का सहारा लिया। वह बंगाल का नवाब सिराजुद्दौला के स्थान पर ऐसा व्यक्ति चाहता था जो उनके इशारों पर नाचे। इसलिए उसने सिराजुद्दौला को नवाबी से हटाने के लिए षड्यंत्रों की व्यूहरचना शुरू कर दी।

क्लाइव ने नवाब के सेनापति मीर जाफ़र, नवाब के कोषाध्यक्ष रायदुर्लभ और सबसे बड़े सेठ तथा बैंकर जगतसेठ को अपनी तरफ फोड़ लेने के लिए अमीचन्द की मार्फ़त काम शुरू किया। यारलतीफ़खाँ नवाब के यहां सेना में एक अच्छे पद पर था। उसका प्रभाव सेना में अच्छा था। वह भी बंगाल के नवाब बनने के स्वप्न देख रहा था। अंग्रेज़ों ने उसे भी अपनी तरफ तोड़ लिया था।

षड्यंत्र की शर्तें अमीचन्द के द्वारा उनके बीच तै की गईं।

तै हुआ कि क्लाइव प्लासी की ओर कूच करेगा। मीर जाफ़र नवाब का साथ छोड़ कर अपने अधीन सारी सेना लेकर क्लाइव से प्लासी में मिल जाएगा। यारलतीफखां भी उसके साथ होगा।

इसके बदले में मीर जाफ़र को बंगाल का नवाब बना दिया जाएगा। नवाब बनते ही वह अंग्रेज़ों को कासिम बाज़ार, ढाका तथा कलकत्ता में किलेबन्दी की अनुमति प्रदान करेगा। फ्रांसीसी बस्तियों पर भी अंग्रेज़ों का आधिपत्य हो जाएगा। युद्ध के खर्चे के रूप में वह अंग्रेज़ों को एक करोड़ रुपया भी देगा।

इन सब बातों के तै हो जाने के बाद अमीचन्द ने, जिसके द्वारा यह गुप्त संधि तै की गई थी, आँख फेरनी शुरू कर दीं। उसने संधि की पोल खोलने की धमकी अंग्रेज़ों को दी। इससे अंग्रेज़ घबरा उठे। परन्तु चालाक तथा मक्कार क्लाइव ने बड़ी सूझ-बूझ से

काम किया। अमीचन्द चाहता था कि संधि में धनराशि का स्पष्ट उल्लेख होना चाहिए। उसे 30 लाख रुपया चाहिए था। क्लाइव ने वक्त आने पर उसे मज़ा चखाने की सोचते हुए संधिपत्र उसके मुताबिक तैयार करवाये। उसने संधिपत्र की दो प्रतियां तैयार करवाईं। एक प्रति सफेद कागज़ पर और दूसरी प्रति लाल कागज़ पर। सफेद कागज़ वाले संधिपत्र में अमीचन्द को 30 लाख रुपये देने का ज़िक्र नहीं किया गया, परन्तु लाल कागज़ वाले संधिपत्र में उसको 30 लाख रुपये देने का ज़िक्र किया गया।

एडमिरल वाटसन इस प्रकार की धूर्तता के खिलाफ़ था। क्लाइव ने जब उससे इस संधिपत्र पर हस्ताक्षर करने के लिए कहा तब उसने हस्ताक्षर करने से साफ़ इनकार कर दिया।

क्लाइव के सामने यह नया संकट उभर आया। उसे लगा कि उसका रचा व्यूह-चक्र बेकार हो जाएगा और फिर उस पर कोई यकीन नहीं करेगा। इससे अंग्रेज़ी शक्ति पर वज्रप्रहार होगा। अतः उसने उन संधि पत्रों पर वाटसन के हस्ताक्षर एक अन्य व्यक्ति से करवा लिये।

बच्चो, यह वही क्लाइव था जो इंग्लैण्ड की सड़कों पर पानी रोक कर शैतानियाँ किया करता था। वह आवारा तथा शरारती था। यह तो पहले ही पढ़ चुके हो कि कम्पनी ने ऐसे आदमियों को अपने यहाँ नौकरी दी थी जो धूर्त, चालाक और मक्कार थे, जिन्हें अन्याय व अत्याचार करने में तनिक भी सोचना नहीं पड़ता था। इसलिए क्लाइव के इस काम की निंदा करने की अपेक्षा उसे औचित्य के नाम पर स्वीकार कर लिया गया। कम्पनी को क्लाइव की इस धूर्तता पर गौरव का अहसास हुआ।

4 जून, 1757 की दोपहर को मीर जाफ़र तथा सिराजुद्दौला के अन्य विरोधियों के बीच इस संधिपत्र पर हस्ताक्षर हो गये।

देश को बेचने वालों के भ्रष्ट चरित्र का यह सिलसिला आज़ादी प्राप्त करने के बाद भी चलता रहा। हमारी इन गलतियों का परिणाम देश को एक लम्बे समय तक भोगना पड़ा। अंग्रेज़ों ने, जिनको चरित्र की दृष्टि से आज भी हम महान् समझते हैं। हमारे साथ किस प्रकार से विश्वासघात किया और भ्रष्ट चरित्र का कैसा परिचय दिया है, उसके अनगिनत उदाहरण जगह-जगह मिलेंगे।

जब यह सब तै हो चुका था तब क्लाइव ने सिराजुद्दौला से युद्ध छेड़ने का बहाना तलाश करना शुरू कर दिया। क्लाइव ने सिराजुद्दौला को एक पत्र लिखा, जिसमें

उसने संयत तथा विनम्र भाषा में अंग्रेज़ों के कष्टों की मनगढ़न्त कहानी पेश करते हुए उसे इसके लिए ज़िम्मेदार ठहराया। उसने नवाब पर यह आरोप भी लगाया कि उसने अलीनगर की संधि को भंग किया है।

क्लाइव सिराजुद्दौला को न तो तैयारी का वक्त देना चाहता था और न उसके पत्र के उत्तर की प्रतीक्षा करना चाहता था। पत्र भेजना तो मात्र औपचारिकता थी। उसे तो युद्ध ठानना था। इसलिए वह सेना के साथ प्लासी की तरफ बढ़ने लगा। उसे तो जल्दी से जल्दी नवाब की राजधानी की तरफ पहुँचना था। यद्यपि क्लाइव को इस वक्त नवाब से न लड़ने की सलाह दी गई थी तथापि उसने उन ठण्डे परामर्शों की परवाह नहीं की और वह साहस के साथ आगे बढ़ता गया।

प्लासी का युद्ध

प्लासी के मैदान में दोनों सेनाओं का आमना-सामना हुआ। इस वक्त तक प्रायः युद्ध शहर से बाहर खुले मैदानों में लड़े जाते थे। हालांकि इसके अपवाद भी हैं। लेकिन बहुत कम।

प्लासी एक गांव का नाम था जिसके चारों ओर मट्टी की डौली बंधी हुई थी। मुर्शिदाबाद से यह मैदान 20 मील दूर था। इसके पास आमों का एक घना बाग था जिसकी लम्बाई 800 गज़ और चौड़ाई 300 गज़ थी।

प्लासी का युद्ध अंग्रेज़ों तथा सिराजुद्दौला के बीच हुआ था। सिराजुद्दौला 50,000 सैनिक लेकर इस मैदान में उतरा था। उसकी सेना में 18,000 घुड़सवार और 53 तोपें थीं। इसके अलावा मीर जाफ़र की 45,000 सेना और थी। इस प्रकार कुल मिला कर 95,000 सेना थी, जबकि अंग्रेज़ों के पास 3000 सैनिक थे। इसमें 800 अंग्रेज़ थे। शेष 2200 भारतीय सैनिक थे। उनके पास 8 बड़ी तथा 2 छोटी तोपें थीं।

कल्पना कीजिए कि इतनी बड़ी सेना के होते हुए भी प्लासी का युद्ध अंग्रेज़ों के पक्ष में क्यों रहा ? नवाब की सेना में क्या कमियाँ थीं ? इतिहास के विद्यार्थी को ही नहीं, प्रत्येक भारतीय नागरिक को इसकी तह तक जाने की ज़रूरत है, क्योंकि भारतीय परतंत्रता का चक्र बड़े अजीबोगरीब ढंग से चला है। आज भी विकास-चक्र तेज़ी से नहीं चल पा रहा है, उसके पीछे भी वे ही अराष्ट्रीय तत्त्व हैं जो प्लासी के युद्ध के पीछे थे, जिसकी वजह से नवाब की हार हुई थी।

23 जून, 1757 को मध्यान्ह के सूरज में अजीब गरमी थी। दोनों पक्षों की सेना में तलवारों का जघन्य प्रदर्शन शुरू हो चुका था। तोपखाने की मदद से अंग्रेज़ नवाब की सेना में खलबली मचाने में सफल हो चुके थे। फिर भी सिराजुद्दौला का पलड़ा भारी था। परन्तु ठीक ऐसे मौके पर मीर जाफ़र ने अपना रुख बदलना शुरू कर दिया।

सिराजुद्दौला को जैसे ही यह बात मालूम पड़ी वैसे ही उसने मीर जाफ़र को अपने पास बुलवाया।

मीर जाफ़र के पहुँचने पर नवाब ने अपने संबंधों की याद दिलायी। खूब समझाया। हार कर नवाब ने आँखों में आँसू लाकर अपनी पगड़ी मीर जाफ़र के सामने रख दी। नवाब ने कहा, ''मीर जाफ़र, इस पगड़ी की लाज तुम्हारे हाथ है।''

मीर जाफ़र ने पगड़ी को अपनी छाती पर रख कर बड़े अदब के साथ नवाब के प्रति अपना सम्मान प्रदर्शित किया। उसने आदर-सहित पगड़ी उठा कर नवाब को पहना दी और उसे आश्वासन दिया। मीर जाफ़र ने यह सब नाटक किया था। उसकी आँखों के सामने बंगाल की नवाबी नाच रही थी। वह ऐसा करते हुए अपने-आपको तथा नवाब को धोखा दे रहा था। इस प्रकार से नवाब उस पर पूरा भरोसा करके और कमज़ोर हो सकता है। विश्वासघात का इससे बेहतर मौका फिर कब मिल सकता था !

मीर जाफर सिराजुद्दौला से मिलकर सीधे अपने खेमे में आया। उसने अपने विश्वासपात्र के हाथ क्लाइव को पत्र द्वारा यह सूचना भिजवायी कि वह तुरंत

आक्रमण कर दे। रात तक तो हर हालत में वह हमला कर दे। किसी भी हालत में यह अवसर वह हाथ से नहीं जाने दे, अन्यथा परिणाम विपरीत भी हो सकता है।

अभी क्लाइव मीर जाफ़र का पत्र पढ़ कर कुछ सोच ही रहा था कि उधर विश्वासघाती रायदुर्लभ ने नवाब की घबराहट को और तेज़ कर दिया। उसने बताया कि अंग्रेज़ सेना तेज़ी से आगे बढ़ रही है।

सिराजुद्दौला इन कारणों से बेहद घबरा गया। युद्ध के मैदान में उसने साफ देखा कि मीर जाफ़र और रायदुर्लभ सैनिक टुकड़ी के साथ तटस्थ खड़े हुए हैं। नवाब का साथ मोहनलाल तथा मीरमर्दानखां ने अवश्य दिया था। वे दोनों युद्ध में खेत रहे थे। अब नवाब अकेला रह गया। फलतः वह घबरा कर अपनी बेगम को लेकर भाग खड़ा हुआ, जबकि उसकी सेना शत्रु से घमासान युद्ध कर रही थी। कोई नहीं कह सकता था कि उसका परिणाम किसके पक्ष में जाता ?

प्लासी का युद्ध वास्तव में दिखावा-मात्र था। इसे हम शतरंज की हार-जीत जैसा कह सकते हैं, क्योंकि इस युद्ध में सिराजुद्दौला की सेना के590 व्यक्ति मारे गये थे और अंग्रेज़ों के 23 व्यक्ति। घायलों की संख्या भी नाम-मात्र की थी। लड़ाई शुरू होने से पहले मूसलाधार वर्षा हुई थी, जिससे दोनों पक्षों का गोला-बारूद भीग गया था।

सिराजुद्दौला विशाल सेना के होते हुए भी अन्दर ही अन्दर भयभीत था। वह यदि साहस से काम लेता तो वह अकेले अपनी सेना के साथ अंग्रेज़ों को पराजित कर सकता था।

एक भारतीय सिपाही द्वारा चलायी गई गोली सिराजुद्दौला के ऊँट की टांग में लगी जिससे वह बुरी तरह से घबरा उठा। उसके होश-हवास उड़ गये और वह मैदान छोड़ कर भाग खड़ा हुआ। प्रसिद्ध इतिहासकार डेविस ने अपनी पुस्तक 'क्लाइव' में इस युद्ध का मूल्यांकन करते हुए लिखा है, ''एक भारतीय सैनिक द्वारा चलायी गई गोली ने अंग्रेज़ी साम्राज्य का उदय किया।''

सिराजुद्दौला की पराजय के मूल में उसकी कायरता थी। चाहे विश्वासघात को इसकी पराजय का कारण माना जाये, लेकिन यह साफ़ था कि यदि नवाब नहीं भाग खड़ा होता तो युद्ध का निर्णय इतनी आसानी से कदापि नहीं हो सकता था। इसीलिए यह युद्ध जो अपने-आप में कोई खास युद्ध नहीं था भारत के भाग्य-निर्णायक युद्धों में गिना जाता है। के० एम० पणिक्कर ने ठीक ही कहा है, ''प्लासी की घटना एक हुल्लड़ और भगदड़ थी, युद्ध नहीं था।''

राजा या नवाब के मैदान छोड़ने पर सेना कुछ समय में ही हथियार डाल देती है। वही अब हुआ। सिराजुद्दौला की सेना में नवाब के भागने से भगदड़ मच गई।

इस पराजय ने अंग्रेज़ों को बहुत बल दिया। इसका ही परिणाम यह हुआ कि भारत को लगभग दो सौ साल अंग्रेज़ों का गुलाम रहना पड़ा।

अभी घड़ी की सुई दोपहर के दो पर भी नहीं पहुँच पाई थी कि प्लासी का मैदान शान्त हो गया।

नवाब की अन्तिम आशा भी धूमिल हो गई। उसे न फ्रांसीसियों ने सहायता दी और न बिहार के नवाब नाज़िम ने। वह शत्रुओं द्वारा पकड़ा गया और मीर जाफ़र के पुत्र मीरन की आज्ञा से उसका वध करवा दिया गया। इस प्रकार सिराजुद्दौला का अध्याय समाप्त हुआ और अंग्रेज़ों के भाग्योदय का काल प्रारम्भ हुआ। मीर जाफ़र तथा दूसरे प्रभावशाली व्यक्ति अंग्रेज़ों की मुट्ठी में आ गये। एडमिरल वाटसन ने ठीक ही कहा है, ''प्लासी के युद्ध में अंग्रेज़ों की विजय कम्पनी के लिए ही नहीं, अपितु सामान्यतः ब्रिटिश राष्ट्र के लिए महत्त्व की थी।''

प्लासी के युद्ध से अंग्रेज़ों का लोभ बढ़ गया और उनमें अन्याय करने की नीति घर कर गई। मुग़ल सम्राट ने इस अनैतिकता की आँधी को तटस्थ व्यक्ति की तरह से देखा था। फलतः बंगाल मुगलों के हाथ से निकल गया। मीर जाफ़र नाम-मात्र का बंगाल का नवाब बना रहा। उसकी लगाम क्लाइव के हाथ में रही।

मीर जाफ़र: 'कर्नल क्लाइव का गधा'

मीर जाफ़र डरपोक, अक्षम और अदूरदर्शी नवाब रहा। उसने 1757 से 1760 तक राज्य किया। उसका कार्यकाल जनता के लिए बहुत दुःखदायक सिद्ध हुआ। अंग्रेज़ और उसकी सेना दोनों ही सरे-आम जनता को लूटने लगे थे। मुर्शिदाबाद के एक मस्त-मौला दरबारी ने उसका नाम 'कर्नल क्लाइव का गधा' रख छोड़ा था।

इसी समय से हिन्दू तथा मुसलमानों के बीच गहरी खाई खुदती चली गई। अंग्रेज़ों ने मीर जाफ़र से हिन्दुओं पर अत्याचार करवाये। उन्हें घर से बेघर करवा दिया। उसका खज़ाना लगभग खाली हो गया। अंग्रेज़ों ने आधा धन तो तुरंत ही उससे ले लिया था और आधा धन उसकी माली हालत खस्ता देखकर तीन वर्ष तक छमाही किस्तों में चुकाना कर दिया। 30, अगस्त 1757 तक मीर जाफ़र लगभग दिवालिया

जैसी स्थिति में पहुँच चुका था। उसके पास सेना को वेतन देने तक के लिए पैसा नहीं रहा था। इस सबसे वह बौखला उठा।

मीर जाफ़र संकीर्ण विचारों का था इसलिए उसने हिन्दुओं पर अत्याचार करवाने शुरू कर दिये थे। बिहार प्रान्त का शासक रामनारायण अलीवर्दीखाँ का हितैषी था। वह मीर जाफ़र के खिलाफ़ भी नहीं था। परन्तु क्लाइव इस वक्त धूर्तता की चालें चल रहा था। उसने यह अफ़वाह उड़ा दी कि रामनारायण मीर जाफ़र पर हमला करने की तैयारी कर रहा है। इससे बुज़दिल मीर जाफ़र घबरा उठा। क्लाइव ने उसकी सहायता के लिए हाथ बढ़ाया। उसके पास धन तो था नहीं। क्लाइव ने धन की एवज़ में बर्दवान प्राप्त किया और हुगली की मालगुज़ारी वसूल करने का अधिकार प्राप्त कर लिया।

क्लाइव ने इस वक्त ज़बर्दस्त नाटक किया। क्लाइव बड़ी संख्या में सेना लेकर पटना में चार माह पड़ा रहा। उस सेना का चार माह का खर्चा नवाब से प्राप्त किया और रामनारायण से बिना लड़े ही वह लौट आया। उसने चालबाज़ी से नवाब की संधि रामनारायण से करवा दी। इस संधि के द्वारा मीर जाफ़र के पुत्र मीरन को नाम-मात्र का नवाब मान लिया गया।

अली गौहर

इधर मीर जाफ़र को अली गौहर के आक्रमण का भी सामना करना पड़ा 1760 में मुगल सम्राट का अंत हो गया था, जिसकी वजह से अली गौहर दिल्ली का तख़्त हासिल करने के लिए लौट गया था।

क्लाइव का प्रभाव

1759 में डचों का आक्रमण हुआ। मीर जाफ़र अंग्रेज़ों से बेतरह से परेशान हो चुका था। उसने डचों को आक्रमण करने के लिए आमंत्रित किया था। डच भी अंग्रेज़ों के बढ़ते हुए प्रभाव से आतंकित हो चुके थे। बिड्डेरा के युद्ध में क्लाइव की युद्ध-नीति के सामने डच टिक नहीं पाये। वे पराजित हुए। इसी प्रकार फ्रांसीसियों की शक्ति में भी निष्क्रियता आ गई। उनको ऐसी संधि करने के लिए विवश होना पड़ा, जिसके फलस्वरूप वे सेना तथा उससे सम्बंधित शक्ति को नहीं रख सकते थे। उनको केवल

एक सौ पच्चीस सैनिक रखने की स्वतंत्रता थी, जिससे वे अपने कारखाने की सुरक्षा कर सकें।

क्लाइव का प्रभाव 1760 तक चारों और छा चुका था। बंगाल में अंग्रेज़ों की तूती बोलती थी। वे सरेआम अन्याय तथा अत्याचार कर रहे थे। स्वयं ही न्याय भी करने लगे थे। 25 फरवरी, 1760 को क्लाइव भारत से लौट गया। उसका स्थान हॉलवेल ने लिया। मीर जाफ़र के सामने अब और भी विषम स्थिति पैदा हो चुकी थी। राजस्व कम हो गया था। हरेक अंग्रेज़ कर्मचारी नवाब से व्यक्तिगत उपहार की अपेक्षा करता था। रिश्वत राजधर्म बन चुका था। प्रजा अत्यन्त परेशान हो उठी थी। उसे न्याय नहीं मिल सकता था।

मीर कासिम का उदय

मीर जाफ़र पर अनेक आरोप लगा कर अंग्रेज़ों ने उसे हटाने की साज़िश शुरू कर दी, क्योंकि अंग्रेज़ों को उससे और कुछ मिलने की आशा नहीं थी। उसके पुत्र मीरन की मृत्यु हो गई थी। अंग्रेज़ों के उकसाने पर मीर जाफ़र का जामाता बंगाल की गद्दी पर बैठने के स्वप्न लेने लगा। 26 सितम्बर, 1760 को अंग्रेज़ों तथा मीर कासिम के बीच एक संधि हुई, जिसके अनुसार उसे नवाब बनने के बदले में अंग्रेज़ों को चटगांव, बर्दवान, आदि ज़िले देने तै हुए।

मीर जाफ़र काफी वृद्ध हो चुका था। गद्दी उसके लिए सिरदर्द बन चुकी थी। चारों ओर षड्यंत्रों का जाल बिछा हुआ था। इस सबसे घबरा कर और अंग्रेज़ों की बदलती नीयत को पहचान कर उसने गद्दी त्याग दी। पेंशन लेकर वह कलकत्ता चला आया। मीर कासिम ने उसे 15 हज़ार रुपये मासिक पेंशन देना तय किया था।

मीर कासिम सुयोग्य तथा सक्षम प्रशासक के रूप में ख्याति अर्जित कर चुका था। लेकिन वह जिन विषम परिस्थितियों में गद्दी पर बैठा था, उनमें उसको अपने चारों ओर विद्रोह की लपटें बढ़ती हुई नज़र आ रही थीं। मीर जाफ़र को गद्दी से उतारने के नाटक से एलिस तथा कौंसिल के विरोधी सदस्य असन्तुष्ट थे। यह उदाहरण अंग्रेज़ों के राष्ट्रीय चरित्र के अधःपतन का प्रतीक है।

मीर कासिम ने गद्दी संभालते ही सबसे महत्त्वपूर्ण कार्य यह किया कि खाली राजकोष की स्थिति ठीक की और अंग्रेज़ों के ऋण से मुक्त हो गया। उसने बंगाल तथा

बिहार के विद्रोही ज़मींदारों को पराजित किया। बेईमानों की सम्पत्ति को ज़ब्त किया और मीर जाफ़र के समय जिन कर्मचारियों ने धन हड़पा था, उसने उनसे हिसाब मांगा और उनकी तरफ निकलने वाली राशि को वसूल किया। राजधानी में चलने वाले षड्यंत्रों की काली रात को उसने सख्ती से खत्म करने का फैसला किया।

मीर कासिम ने बहुत जल्दी विद्रोही शक्तियों का दमन करने में सफलता प्राप्त की और अंग्रेज़ों द्वारा हो रही लूट-खसोट को रोकने के लिए शक्ति से काम लिया।

वह यह अच्छी तरह से जानता था कि सुदृढ़ सेना के बिना वह शासन नहीं चला सकता है। अंग्रेज़ों पर निर्भर रहना शासन को खराब करना है। यद्यपि नवाब की सेना विशाल थी तथापि वह अयोग्य और निष्क्रिय थी, क्योंकि उसमें भ्रष्टाचार व्याप्त था और आधुनिक अस्त्र-शस्त्रों से भी वह अपरिचित-सी थी। नवाब की सेना का लड़ने का तरीका पुराना पड़ चुका था। नवाब ने पुनः सेना को संगठित किया। सेना का संगठन यूरोपीय ढंग पर किया। उसे आधुनिक अस्त्र-शस्त्र से लैस किया।

राजधानी-परिवर्तन

मीर कासिम राजधानी मुंगेर ले गया। पुरानी राजधानी मुर्शिदाबाद उसे असुरक्षित जंची। वह अंग्रेज़ों की आँखों से दूर हो कर अपनी सैनिक शक्ति को सुसंगठित करना चाहता था। वह भली प्रकार जान चुका था कि अंग्रेज़ों को विजय करना बहुत ज़रूरी है। वह उसके राज्य के लिए नासूर हैं। उसने चौकियों की संख्या तथा उनकी सुरक्षा के लिए सिपाहियों की संख्या में वृद्धि कर दी। अंग्रेज़ों की नौकाओं पर कड़ी निगरानी शुरू हो गई, जिसका फल यह हुआ कि कम्पनी का व्यापार ठप-सा होने लगा। इस तथ्य को अंग्रेज़ों ने स्वयं स्वीकारा है।

ज़िलादारों को नवाब ने आदेश दिया कि वे अंग्रेज़ों के साथ किसी प्रकार का व्यापार और व्यवहार नहीं रखें। अंग्रेज़ों पर पाबन्दियाँ लगनी शुरू हो गईं। उनकी धूर्तता तथा चालाकी का पर्दाफाश होने लगा। इससे अंग्रेज़ मीर कासिम से नाराज़ हो उठे। उन्होंने मीर कासिम के खिलाफ खुला विद्रोह शुरू कर दिया।

अंग्रेज़ों ने पटना पर अधिकार कर लिया, लेकिन नवाब ने पुनः पटना पर कब्ज़ा कर लिया। मीर कासिम ने मुंगेर से अपनी सेना मीर तकी की अध्यक्षता में भेजी, परन्तु वह रास्ते में ही मारा गया। उदयनाला युद्ध में मीर कासिम स्वयं पराजित हुआ।

मीर कासिम वहां से पटना आया। दुर्ग की सुरक्षा के पूरे प्रयत्न किये। उसने 148 अंग्रेज़ कैदियों को, जिसमें स्त्रियां तथा बच्चे भी थे, तलवार के घाट उतरवा दिया। 'पटना हत्याकाण्ड' के नाम से यह घटना याद की जाती है। एडेम्स ने मीर कासिम को पुनः पराजित किया। मीर कासिम ने भाग कर अवध के नवाब शुजाउद्दौला के यहां शरण पाई।

मीर जाफ़र को पुनः बंगाल का नवाब बना दिया गया। उसके साथ ही अंग्रेज़ों को पुनः पूर्वप्राप्त सुविधाएं मिल गईं।

बक्सर युद्ध

जब मीर कासिम अवध के नवाब की शरण में पहुँचा तब वहां मुगल सम्राट शाह आलम भी था। मीर कासिम ने बुन्देलखण्ड जीतने में अवध के नवाब तथा मुगल सम्राट की सहायता की। उसमें उनकी जीत हुई। अतः वे दोनों उससे प्रसन्न हो गये और उन्होंने संयुक्त रूप से उसको सहायता देने का वचन दिया। तीनों ही अंग्रेज़ों से युद्ध करने हेतु चल दिये। अंग्रेज़ों ने एड़ी से चोटी तक का प्रयत्न किया कि किसी तरह से अवध का नवाब उनकी ओर मिल जाये। परन्तु उसका कोई फल नहीं निकला। तीनों की संयुक्त सेना ने पटना नगर की घेराबंदी की अंग्रेज़ अन्दर ही अन्दर उनकी संयुक्त शक्ति से घबरा उठे थे।

उधर बरसात का मौसम शुरू हो गया। अवध के नवाब की सेना बक्सर की ओर चल पड़ी। सितम्बर, सन् 1764 में बक्सर के मैदान में अंग्रेज़ों तथा अवध के नवाब की सेना के बीच घमासान युद्ध हुआ। मुगल सम्राट ने दिल खोल कर अवध के नवाब की सहायता नहीं की। फलतः 22 अक्तूबर को तीनों की सम्मिलित सेना की पराजय हुई।

अवध का नवाब जान बचा कर रुहेलखण्ड भाग गया। मुगल सम्राट अंग्रेज़ों के साथ मिल गया। मीर कासिम भी जैसे-जैसे वहां से भाग खड़ा हुआ। वह 12 वर्ष तक इधर से उधर छिपता रहा। पुनः शासक बनने के उसके सारे प्रयत्न असफल सिद्ध हुए। 1777 में उसकी मृत्यु हो गई।

बक्सर युद्ध में मीर कासिम की पराजय के बाद मीर जाफ़र पुनः बंगाल का नवाब बनाया गया। 1765 ई० में उसकी मृत्यु हो गई और उसका लड़का नज़मुद्दौला बंगाल की गद्दी पर आसीन हुआ। इस नये नवाब से अंग्रेज़ों ने नई संधि की, जिसके फलस्वरूप नवाब की स्थिति दयनीय रह गई और बंगाल की दीवानी पर कम्पनी का पूरा-पूरा कब्ज़ा हो गया। माल का प्रबंध भी नवाब के हाथों से निकल कर अंग्रेज़ों के हाथों में आ गया। नवाब को नौका रखने या निकालने तक का अख्तियार भी नहीं था। पाँच लाख रुपया सालाना दण्ड नवाब पर और थोप दिया गया, जिससे अंग्रेज़ फौज का खर्च निकाला जा सके।

6. गवर्नर के रूप में क्लाइव

क्लाइव भारत में अब दूसरी बार आया था। वह 1765-67 तक भारत में रहा। जब वह वहां आया था तब बंगाल की शोचनीय स्थिति की चर्चा इंग्लैण्ड में भी थी। उसने आते ही सबसे पहला और महत्त्वपूर्ण कार्य यह किया कि राजनीतिक तथा प्रशासन-संबंधी समस्याओं को बड़े सुन्दर ढंग से सुलझाया। कुछ समय के लिए बंगाल में शान्ति अनुभव होने लगी।

भेंट प्रथा समाप्त

अंग्रेज़ों का नैतिक पतन हो रहा था और वे यहां की जनता की दृष्टि में लगातार गिर रहे थे। कम्पनी का छोटे से छोटा अंग्रेज़ व कर्मचारी भेंट लिये बिना नहीं रहता था। क्लाइव ने भेंट प्रथा को, तात्कालिक प्रभाव से, एक आदेश द्वारा गैरकानूनी करार दिया। इससे पहले जब वहाँ क्लाइव आया था तब वह स्वयं भेंट लिया करता था। अतः कर्मचारियों के मन में यह बात घर किये हुए थी कि वह इस मामले में ढील रखेगा। लेकिन वह इस गलत प्रथा को बन्द करने के लिए कृतसंकल्प था। उसने इस ओर कड़ी कार्रवाइयां शुरू की थीं।

कर्मचारियों के वेतन में सुधार

कम्पनी का कार्य सुचारु ढंग से तब चले जबकि योग्य कर्मचारी हों और पूरे मन से काम करें। कर्मचारियों का वेतन बहुत कम था अतः उसने कर्मचारियों का वेतन बढ़ा दिया। लेकिन कम्पनी के डायरेक्टरों ने उसके लिए स्वीकृति प्रदान नहीं की। वह घोषणा कर चुका था, अतः इस योजना को कार्यरूप में परिणत कराने हेतु जिन साधनों का उसने प्रयोग किया था, उससे उसकी प्रतिष्ठा गिरी थी। युद्ध के समय दिये जाने वाले सैनिक के दोहरे भत्ते को उसने बंद कर दिया और उसके स्थानों पर 'क्लाइव फण्ड' की स्थापना की, जिससे ऐसे सैनिकों को सहायता-राशि दी जाने लगी जो युद्ध में काम आते थे अथवा जिनके अंग-भंग हो जाते थे।

निजी व्यापार बंद

कम्पनी के कर्मचारियों में निजी व्यापार की होड़ हो चली थी, फलतः उनका ध्यान कम्पनी से हट कर अपने पर अधिक केन्द्रित होने लगा था। इससे कम्पनी को नुकसान उठाना पड़ जाता था और कम्पनी बदनाम अलग होती थी। इसके अलावा जनता उससे और अधिक असन्तुष्ट थी। उसने 'ट्रेडर्स सोसाइटी' की संस्थापना उच्च सेवकों के लिए की और नमक का व्यापार करने का एकाधिकार इस सोसाइटी को दे दिया। इससे गवर्नर को प्रति वर्ष 4800 पौण्ड वेतन के अलावा 18500 पौण्ड का लाभ भी मिलने लगा। अधिकारियों के कड़े विरोध के कारण 1767 में इस सोसाइटी को बंद कर दिया गया।

बंगाल की दीवानी

दिल्ली के सम्राट व अवध के नवाब से क्लाइव ने संधि की, जिसके अनुसार अवध के नवाब ने कड़ा और इलाहाबाद के ज़िले अंग्रेज़ों को दिये और उसके खर्च के रूप में पचास लाख रुपये भी दिये।

मुगल सम्राट से जो समझौता हुआ, उसके फलस्वरूप कड़ा और इलाहाबाद ज़िले शाह आलम को सौंप दिये और इसके बदले में बिहार, उड़ीसा व बंगाल की दीवानी प्राप्त कर ली। लगान वसूल करने व उससे सम्बंधित न्याय करने का अधिकार कम्पनी को मिल गया। इसके लिए 26 लाख रुपया वार्षिक कर के रूप में मुगल सम्राट को देना तय हुआ। इससे बंगाल, बिहार तथा उड़ीसा पर कम्पनी के अधिकार तथा प्रभुत्व को बहुत बल मिला।

द्वैत शासन

द्वैत शासन बंगाल, उड़ीसा और बिहार में लागू हुआ। बंगाल के नवाब से कम्पनी ने निज़ामत, सैनिक शक्ति और फौजदारी के मुकदमों का फैसला व प्रबंध करने का अधिकार तो कम्पनी ने पहले ही ले लिया था। क्लाइव इससे उत्तरदायित्व बढ़ जाने की सम्भावना से डरता था क्योंकि उससे सीधे कम्पनी के व्यापार पर चोट पहुँच सकती थी।

क्लाइव ने शासन को दो भागों में बाँटा :

(1) सैनिक शक्ति, राजस्व प्राप्त करने की शक्ति और विदेश नीति को कम्पनी ने अपने हाथ में रखा।

(2) लगान उगाहने और न्याय करने का काम भारतीय कर्मचारियों को सौंपा।

नवाब निज़ामों से कर वसूल कराये और उससे निज़ामत पर होने वाला व्यय, अपनी पेंशन तथा मुगल सम्राट को दिये जाने वाली राशि को निकाले और शेष राशि कम्पनी के कोष में जमा करा दे। यह था द्वैत शासन, जो 1772 तक चलता रहा। इससे बंगाल की जनता की पीड़ा और बढ़ गई तथा वहाँ की स्थिति बजाये सुधरने के और बिगड़ गई। क्योंकि धन-प्राप्ति के अधिकार को तो कम्पनी ने अपने पास रखा और उसके उत्तरदायित्व के प्रति पूर्णतया उपेक्षा दिखलायी।

बंगाल में अकाल

दोहरे शासन से प्रजा संकट में पड़ गई। प्रशासन भ्रष्ट हो गया। इसी समय बंगाल की जनता पर प्रकृति ने प्रकोप किया। वहां भयंकर अकाल पड़ गया। साथ में महामारी भी फैल गई। परन्तु लगान वसूली के लिए कोई राहत जनता को नहीं दी गई। उल्टे लगान दूना कर दिया। किसानों के सामान को बिकवा डाला और उन्हें घर से बेघर कर दिया। शासन की निरंकुशता सर्वोपरि हो गई। इससे बुरा समय वहाँ की

जनता के जीवन में दूसरी बार नहीं आया। नवाब असहाय था। जनता में लूटमार, असुरक्षा और हत्या का आतंक छा गया। इस से क्लाइव ने कम्पनी को तो लाभ पहुँचाया, परन्तु उसके इस दुष्कृत्य ने मानवता का खून कर दिया।

क्लाइव के बाद

क्लाइव के बाद वेरेल्स्ट सन् 1767 से 1769 तक तथा कार्टियर सन् 1770 से 1772 तक बंगाल के गवर्नर रहे थे। इनके समय दिनोंदिन बंगाल का प्रशासन क्षत-विक्षत होता चला गया। भ्रष्टाचार शिखर पर पहुँच गया। जनता में भयंकर असन्तोष छा गया।

ऐसे कुसमय प्रकृति ताण्डव कर उठी। बंगाल अकाल की चपेट में आ गया। अकाल के बाद चेचक और ज्वर के प्रकोप ने जनता की रही-सही शक्ति को खतम कर दिया। सर डब्ल्यू०हंटर ने उस समय की भयानक स्थिति का चित्रण करते हुए लिखा है :

"किसानों ने पशु बेच दिये।
उन्होंने अपने खेतों के औज़ार बेच दिये।
वे अपने बीजों का धान्य भी निगल गये।
उन्होंने अपने पुत्र-पुत्रियों को बेचने की ठानी, तो उसके खरीददार नहीं मिल सके।
उन्होंने वृक्षों के पत्ते
और जंगल की घास तक को खा डाला।
जून 1770 में ब्रिटिश अधिकारी (दरबार के रेज़िडेंट) ने इस बात का समर्थन किया :
कि जीवित प्राणी मृतकों के मृत तन से अपनी भूख मिटा रहे हैं।"

आश्चर्य है, इस पर भी कम्पनी के कान पर जूं तक नहीं रेंगी। उसने जनता को कोई राहत नहीं दी। इसके विपरीत उसने जनता पर और अत्याचार व अन्याय किया। उसे कुचला, मारा। मानवता त्राहि-त्राहि कर उठी। यही स्थिति सन 1772 तक रही।

7. वारेन हेस्टिंग्स

वारेन हेस्टिंग्स कम्पनी का गवर्नर होकर भारत आया। उसका कार्यकाल 1772 से 1782 तक रहा। उसके आने तक अंग्रेज़ों में दुराचार व धन-अपहरण का लोभ चरम सीमा पर पहुँच गया था। ये लोग एक तरह से डाकू जैसे हो गये थे। कम्पनी का हर अंग्रेज़ सेवक यह सोचता था, जैसे भी हो दस-बीस लाख रुपये लूट-लाट कर इंग्लैण्ड लौट जाये। इस से कम्पनी का कोष भी खाली होता जा रहा था। हेस्टिंग्स ने अपने समय की स्थिति का जायज़ा लेते हुए निम्नलिखित सुधार किये:

(1) द्वैत शासन का अन्त कर दिया गया। नवाब को पेंशन दे दी गई। राज्यकोष मुर्शिदाबाद से कलकत्ता ले गया और भारतीय कलक्टरों के स्थान पर अंग्रेज़ कलक्टरों की नियुक्ति की।

(2) आर्थिक स्थिति को सुदृढ़ बनाने के लिए उसने बंगाल के नवाब की पेंशन कम कर दी। मुगल सम्राट को दी जाने वाली राशि बंद कर दी। कड़ा व इलाहाबाद ज़िले वापस ले लिये। उसने कलकत्ता में एक सरकारी टकसाल की स्थापना कर विभिन्न प्रकार के सिक्के के प्रयोग से होने वाली व्यापार की क्षति को बहुत कम कर दिया।

(3) व्यापार को उन्नतिशील बनाने हेतु उसने कलकत्ता, हुगली, मुर्शिदाबाद, ढाका व पटना की चौकियों को छोड़ कर शेष चौकियों का अस्तित्व मिटा दिया। नमक, सुपारी व तम्बाकू को छोड़ कर अन्य वस्तुओं पर ढाई प्रतिशत चुंगी तै कर दी।

(4) पंचवर्षीय लगान की बोली की प्रथा स्थापित की गई। जो अधिक लगान देने की बोली बोलता उसे पाँच बरस के लिए भूमि दी जाती।

(5) न्याय व्यवस्था को प्रभावशाली बनाने हेतु उसने प्रत्येक ज़िले में एक फौजदारी तथा एक दीवानी की अदालत स्थापित की। कलकत्ता में अदालतों की

अपील के लिए फौजदारी अदालत को निज़ामत अदालत और दीवानी को सदर दीवानी अदालत नाम से स्थापित किया।

(6) सार्वजनिक क्षेत्र में पुलिस की व्यवस्था में सुधार किये गये। डाकुओं को फाँसी पर लटकाया गया। चोरी, आदि के अपराध में भी कठोर सज़ायें दी जाने लगी।

इसका परिणाम यह हुआ कि उसके 12 वर्ष के कार्यकाल में कम्पनी की नींव और गहरी हुई। परन्तु प्रशासन स्वच्छ नहीं हो सका, क्योंकि कम्पनी का उद्देश्य भारत का शोषण करना था। उसके समय में कोई भी व्यक्ति धन देकर ब्रिटिश फौजों की सेवाएं प्राप्त कर सकता था।

उसके समय की प्रमुख घटनाओं का विवरण इस प्रकार से है :

नंदकुमार को मृत्युदण्ड

महाराज नंदकुमार ने अंग्रेज़ों का साथ दिया था। वह बंगाल का अत्यन्त प्रभावशाली और सशक्त ब्राह्मण था, जिसकी राजनीति में जड़ें गहरी थीं। मुर्शिदाबाद में जब उसे दीवान बनाया जा रहा था तब अंग्रेज़ों ने उसे क़ैद कर कलकत्ता भेज दिया था। हेस्टिंग्स के आने पर कम्पनी की नीति में बदलाव आया। अचानक नन्दकुमार को बंगाल का नायब सूबेदार बनाने का षड्यन्त्र रचा गया तथा बंगाल के नवाब मोहम्मद रज़ा, जो सदा ही अंग्रेज़ों के आगे-पीछे दुम हिलाता हुआ घूमता था, गिरफ़्तार कर लिया गया।

मोहम्मद रज़ा को अपराधी ठहराने के लिए हेस्टिंग्स ने नन्दकुमार की सहायता ली। परन्तु मोहम्मद रजा को हटाने के बाद नन्दकुमार को जैसी उसे आशा थी, बंगाल का नायब सूबेदार नहीं बनाया अतः उसने बदला लेने की सोची।

नन्दकुमार ने वारेन हेस्टिंग्स पर यह आरोप लगाया कि हेस्टिंग्स ने मीर जाफ़र की विधवा मुन्नी बेगम से साढ़े तीन लाख रुपया लेकर उसे बंगाल के अल्पवयस्क नवाब की संरक्षक बनाया है। कौंसिल ने हेस्टिंग्स के लाख विरोध करने पर भी उसे दोषी पाया और हड़पी हुई साढ़े तीन लाख की रकम को कम्पनी कोष में जमा करने का आदेश दिया गया।

गवर्नर जैसे पद पर रह कर व्यक्ति का चरित्र और नैतिक पतन इस सीमा तक हो सकता है, यह सोचने का विषय है। जो जाति आज गौरव से सिर उठाती है, उसने

कैसे-कैसे कहर इस देश पर ढाये हैं ! हेस्टिंग्स ने मोहम्मद रज़ा से लम्बी रकम रिश्वत में पाकर उसे छोड़ दिया था।

नन्दकुमार से हेस्टिंग्स नाराज़ हो गया। उसे पुरस्कार देने की बजाय गिरफ़्तार कर लिया गया। उस पर आरोप लगाया गया कि उसने 1770 में सरकारी कागज़ पर जाली हस्ताक्षर किये थे। 1774 में यह मुकदमा कलकत्ता में बड़ी अदालत में भेजा गया, जिसका मुख्य न्यायाधीश एलिजाह इम्पे हेस्टिंग्स का मित्र व सहपाठी था।

नन्दकुमार रिश्वत अथवा जालसाज़ी के आरोप को गलत सिद्ध करने के लिए गवाही पेश न कर सका इसलिए हेस्टिंग्ज़ ने उसे मुख्य न्यायाधीश एलिजाह इम्पे से फाँसी की सज़ा दिलवा दी, जबकि जालसाज़ीके आरोप में फाँसी की सज़ा देने की व्यवस्था नहीं थी।

हेस्टिंग्स के इस दुष्कृत्य की पर्याप्त भर्त्सना की गई। हेनरी बेवरीज़ ने इसे 'न्याय की हत्या' से पुकारा। आश्चर्य की बात तो यह रही कि मुख्य न्यायाधीश के अलावा उच्च न्यायालय के अन्य न्यायाधीशों ने भी उस मुकदमे को सुना था। उसे सब न्यायाधीशों ने अपराधी सिद्ध नहीं किया। जूरी ने उसे निर्दोष पाया था। प्राणदण्ड में अपराधी को सपरिषद् सम्राट से अपील करने की व्यवस्था कानून में थी, जिसका लाभ भी नन्दकुमार को नहीं दिया गया।

यह भी अंग्रेज़ों की न्याय और नैतिकता ! जालसाज़ी क्लाइव ने भी की थी परन्तु क्लाइव को जालसाज़ी का पुरस्कार मिला था : लार्ड की उपाधि, और नंदकुमार को दण्ड मिला था मौत का ! एक को उसी दुष्कृत्य के लिए उपाधि और दूसरे को मौत !

'फोक्स के इण्डिया बिल' पर ब्रिटिश संसद् में बोलते हुए बर्क ने नंदकुमार के प्रति हुए घोरतम अन्याय का पर्दाफाश किया था। उसने कहा था :

"भारत की सभी पवित्र तथा सम्मानित भावनाओं को अपमानित कर,
नंदकुमार को उसके पूरे देश के सामने उन न्यायाधीशों ने,
जिन्हें आप लोगों ने उनकी रक्षार्थ भेजा था,
असत्य और अपराध का बहाना लेकर,
सिर्फ हेस्टिंग्स के विरुद्ध गवाही देने के कारण फाँसी पर चढ़ा दिया।"

यही नहीं एच०बेवरिज़ ने भी इस दुष्कृत्य को, "जानबूझकर एक कानूनी हत्या द्वारा नंदकुमार को अपने रास्ते से हटाने की योजना" बताया। परन्तु उसका कोई

प्रभाव नहीं हुआ, कुचक्र बराबर चलते रहे। उनका दमन नहीं हो सका। जनता निरन्तर पिसती रही। वह बराबर विष का घूँट पीती रही। न जाने कितने नंदकुमारों को फाँसी या गोली का निशाना बनाया गया। इतिहास में ऐसे गुमनाम हादसों का ज़िक्र कौन करता है। नंदकुमार तो मात्र एक उदाहरण है उस समय के न्याय और निष्पक्षता की कलई खोलने का !

हेस्टिंग्स ने रिश्वतें ली थीं। अनेक गलत कार्य किये थे जिनको नज़रअन्दाज़ नहीं किया जाये तो फाँसी की सज़ा उसे मिलनी चाहिए थी। फ्रांसिस के वाक्य में यदि हम इस अध्याय को समाप्त कर दें तो उपयुक्त होगा। उसने कहा था :

''नन्दकुमार चाहे निकृष्टतम दुष्ट रहा हो, परन्तु ईश्वर की सौगंध उसने सच्ची बात कहीं, अन्यथा उसे फाँसी के तख्ते पर झूलने की इतनी जल्दी क्या थी ?''

महाराज चेतसिंह

चेतसिंह बनारस के महाराज बलवंत सिंह का पुत्र था। बलवन्तसिंह अवध के नवाब के अधीन था। बलवन्तसिंह अच्छा प्रशासक था। उसके राज्य में प्रजा सुखी थी। प्रजा भय और आतंक से मुक्त थी। 1775 ई० में अवध के नवाब ने एक संधि अंग्रेज़ों से की, जिसके फलस्वरूप बनारस अंग्रेज़ों की जागीर हो गया।

अंग्रेज़ों की नीति 'फूट डालो और राज्य करो' की रही है इसलिए उन्होंने चेतसिंह को बनारस का राजा बनाया। उससे साढ़े 23 लाख रुपया वार्षिक कर के रूप में अंग्रेज़ों को देना निश्चित हुआ। इसके अलावा कम्पनी उससे कुछ नहीं लेगी। यह रकम उसकी जागीर को देखते हुए बहुत अधिक थी जबकि बंगाल का नवाब सारे प्रान्त की एवज़ में मुगल बादशाह को 54 लाख रुपया देता था।

दक्षिण में हैदर अली की शक्ति का मुकाबला करने के लिए सैनिक शक्ति को बढ़ाना बहुत आवश्यक था। उसके लिए धन की ज़रूरत थी। 1778 में हेस्टिंग्स ने चेतसिंह से 5 लाख रुपया माँगा। चेतसिंह ने वह रुपया दे दिया। 1779 में फिर उससे 5 लाख की मांग की गई। उसे भी उसने पूरा कर दिया। 1780 में उसे 2000 घोड़े देने के लिए विवश किया गया। उसकी स्थिति ऐसी नहीं थी कि वह 2000 घोड़े दे सकता अतः उसने निजी तौर पर हेस्टिंग्स को 2 लाख रुपये भेजे, जो उसने ले लिये। उसमें 23,000 रुपये अपनी जेब में डाले, शेष रुपया कम्पनी के काम के खाते में जमा करवा दिये।

हेस्टिंग्स ने 2 लाख रुपये हड़प लेने के बाद भी अपनी पूर्व मांग को दोहराया। चेतसिंह ने 1000 घोड़े देने का उसे आश्वासन दे दिया, जिसे वह अपनी आर्थिक सीमाओं के कारण पूरा नहीं कर सका। चेतसिंह ने 500 घोड़े तथा 500 तोपखाने के सैनिक उसके बदले में भेज दिये थे।

इससे हेस्टिंग्स का पारा चढ़ गया और उसने 50 लाख रुपया चेतसिंह पर जुर्माना कर दिया। जुर्माना वसूल करने के लिए छोटी-सी सेना लेकर वह बनारस जा पहुँचा।

जैसे ही चेतसिंह को हेस्टिंग्स के उधर आने की खबर मिली, वह स्वयं उससे मिलने बक्सर आ गया। परन्तु हेस्टिंग्स ने उससे मिलने से साफ इनकार कर दिया। चेतसिंह एक अंगरक्षक के साथ उसके पास पहुँचा था।

बनारस पहुँच कर हेस्टिंग्स ने उसे बंदी बना लिया। वह तो बक्सर में ही हेस्टिंग्स को राज्य लौटा रहा था। चेतसिंह ने मान-अपमान सब बर्दाश्त कर लिया परन्तु उसकी सेना यह बर्दाश्त नहीं कर पाई। उसका राजा योग्य है। प्रजापालक है। अंग्रेज़ अकारण उसका अपमान करें, यह उसे नागवार लगा। उसने विद्रोह कर दिया।

हेस्टिंग्स ने यह स्वप्न में भी नहीं सोचा था। वह संकट में फंस गया। प्राण बचाकर वह चुनार भाग गया। वहां से वह सेना लेकर आया। फिर दोनों में घमासान युद्ध हुआ। चेतसिंह मामूली-सा खज़ाना लेकर ग्वालियर भाग गया। अधिकांश राशि उसकी सेना ने ही लूट ली थी फलतः अंग्रेज़ों के कुछ खास हाथ न लगा।

हेस्टिंग्स ने चेतसिंह के भतीजे को गद्दी पर बिठला दिया। साथ में उसे 40 लाख रुपये वार्षिक कर देने के लिए विवश किया। इससे पूर्व इतनी बड़ी राशि उसे यहाँ से कभी नहीं मिली थी और न बाद में मिल सकी।

अंग्रेज़ों की यही चाल थी कि राजा से उसकी प्रजा पर अन्याय करवाया जाये ताकि प्रजा अपने राजा से घृणा कर उठे। कम्पनी मनचाही रक़म इकट्ठी कर सके। चेतसिंह के भतीजे ने विवश होकर लगान वसूल करने में सख्ती की। फल यह हुआ कि वहां की प्रजा भागने लगी। 5 लाख के स्थान पर 2 लाख आबादी रह गई। जब वारेन हेस्टिंग्स रुपया वसूल करने के लिए बनारस पहुँचा तब उसे ज्ञात हुआ कि दो-तिहाई भूमि को जोतने वाला वहाँ कोई नहीं है। दूर-दूर तक खेत नज़र नहीं आते हैं।

इस घटना को लेकर कम्पनी के निदेशकों ने जो अपना फैसला सुनाया, उससे हेस्टिंग्स का यह कार्य अनुचित तथा अराजनीतिक माना गया। वह उच्छृंखल और भ्रष्ट शासक था, जिसने कम्पनी को बदनाम भी किया और प्रजा में घृणा फैलायी।

अवध की बेगमें

अवध का नवाब आसफुद्दौला वारेन हेस्टिंग्स से चुनार के किले में मिला था। उसने अपने पिता शुजाउद्दौला, जिसकी हाल में ही मृत्यु हुई है, के बारे में बतलाया था। उसने जागीर व खज़ाना अपनी मां तथा विधवा बेगम के नाम लिख दिया था।

हेस्टिंग्स को बनारस से कुछ मिला नहीं था अतः वह खीज से भरा था। उसने सोचा कि अवध के नवाब से रकम ऐंठी जाये। इसके लिए उसने बहाना तलाश कर लिया कि शुजाउद्दौला की मां और बेगम, जो अवध की बेगमों के नाम से जानी जाती थीं, पर यह आरोप लगाया कि वे चेतसिंह से मिल कर कम्पनी के खि़लाफ षड्यन्त्र कर रही थीं। अतः इस अपराध के कारण उनसे ख़ज़ाना छीन लिया जाये। शुजाउद्दौला ने मरने से पूर्व अपनी माँ तथा बेगम का संरक्षण कम्पनी के अधिकारियों को सौंपा था।

हेस्टिंग्स ने उस वायदे की परवाह न करते हुए उन पर असत्य और मनगढ़न्त आरोप लगाये। इसके लिए उसने कलकत्ता की सुप्रीम कोर्ट के मुख्य न्यायाधीश इम्पे को भी बुलाया और उससे बेगमों पर लगाये गये आरोपों पर सही की मोहर लगवा ली।

दोनों बेगमें फैज़ाबाद के महल में रहा करती थीं। अंग्रेज़ी फौज ने आकर उन असहाय बेगमों को घेर लिया और उनको ख़ज़ाना सौंपने के लिए कहा। उनके आनाकानी करने पर उनके साथ अमानवीय एवं अनैतिक, सख्त से सख्त व्यवहार

किया, जिसकी कल्पना-मात्र से रोंगटे खड़े हो जाते हैं। औरतों पर इस प्रकार की वीरता दिखलाने के उदाहरण अंग्रेजों ने दुनिया के इतिहास में अनेक प्रस्तुत किये हैं। हारकर उन बेगमों ने खज़ाना और कीमती जवाहरात व सोने-चाँदी के ज़ेवर, आदि हेस्टिंग्स के हवाले कर दिये। सर आल्फ्रेड लायल का इस सम्बंध में यह निष्कर्ष है :

''औरतों और हिजड़ों के अधिकार में से धन निकालने के लिए ब्रिटिश सेनाओं की देखरेख में व्यक्तिगत क्रूरताओं का प्रयोग वास्तव में नीचतापूर्ण कृत्य था।''

टारेन्स लिखता है, ''महल की शरीफ़ औरतों को भूखा मारा गया, उनकी कोड़ों से पिटाई की गई।''

हेस्टिंग्स स्वयं काफी धन बटोर कर भारत से लौटा था। कम्पनी के डायरेक्टरों ने भी उसके सम्बंध में अच्छी राय कायम नहीं की थी। हेस्टिंग्स क्लर्क से इतने बड़े पद पर पहुँचा था और उसने क्लाइव की योजनाओं की जड़ों को पानी देकर सुदृढ़ किया था। परन्तु उसके तरीके, जिनका उसने इस्तेमाल किया था, उसे एक नृशंस, कलंकित, क्रूर और मानवता से गिरा व्यक्ति ही सिद्ध करते हैं। दुनिया के इतिहास में अंग्रेज़ों के इन दुष्कृत्यों को सदैव अमानवीय और नीचतापूर्ण समझा जायेगा।

8. लार्ड कार्नवालिस

वारेन हेस्टिंग्स के भारत से लौट जाने के बाद डेढ़ वर्ष के लगभग सर जान मैक्फ़रसन अस्थायी गवर्नर जनरल बना रहा। उसने अपने इस थोड़े-से समय में रुपये वसूल करने के लिए जिन तरीकों का इस्तेमाल किया, वे मानवता के इतिहास पर एकदम स्याह धब्बे हैं। उसने अवध की बेगमों को भिखारी बना दिया और दिल्ली सम्राट को मालगुज़ारी देना बंद कर दिया।

उसके बाद लार्ड कार्नवालिस 1786-1793 ई० तक भारत का गवर्नर जनरल रहा। वह एक सम्पन्न परिवार से था। सेना का उसके पास विस्तृत अनुभव था। अमेरिका के स्वतंत्रता संग्राम में वह उत्तरी अमेरिका में अंग्रेज़ी फौज का मुख्य सेनापति रह चुका था। वह ईमानदार तथा कर्त्तव्यनिष्ठ था। वह रिश्वत लेने को चरित्रहीनता मानता था। पैसे की उसको कतई हवस नहीं थी। इंग्लैण्ड का प्रधानमंत्री पिट उसका अभिन्न मित्र था। कम्पनी के 1773 ई० के चार्टर एक्ट के अनुसार वारेन हेस्टिंग्स भारत की ब्रिटिश हुकूमत का पहला गवर्नर था। पिट ने भारतीय कानून में संशोधन करके कार्नवालिस को गवर्नर जनरल और मुख्य सेनापति के अधिकारों का प्रयोग करने की स्वतन्त्रता प्रदान की थी। उसे यह भी अधिकार दिया गया कि वह कौन्सिल के मत को मानने से इनकार कर सकता है। उसने बहुत झिझक के साथ अपना पद संभाला था।

कार्नवालिस ने कम्पनी साम्राज्य का विस्तार, उसकी सुव्यवस्था, आर्थिक सुदृढ़ता, पुलिस व्यवस्था को पुनर्संगठित करना, सार्वजनिक सेवाओं में सुधार, न्याय में सुधार, बंगाल की स्थायी भूमि व्यवस्था, आदि ऐसे उल्लेखनीय कार्य किये, जिससे कम्पनी राज्य को सुदृढ़ता मिली।

तृतीय मैसूर युद्ध

हैदरअली की मृत्यु हो गई थी। हैदरअली बहादुर, साहसी और बुद्धिमान था।

अंग्रेज़ों के उसने छक्के छुड़ा दिये थे। हैदरअली का लड़का फतहअली टीपू भी अपने पिता की तरह साहसी, वीर और सुयोग्य था।

मंगलौर में अंग्रेज़ी सेना से टीपू को युद्ध करने का मौका मिला, जिसमें उसने अंग्रेज़ों को ज़बर्दस्त मात दी। मंगलौर के किले और नगर पर उसका अधिकार हो गया था। अंग्रेज़ युद्ध के मैदान से भाग खड़े हुए थे। टीपू ने अंग्रेज़ों पर तरस खाकर उनसे संधि कर ली। वस्तुत: हेस्टिंग्स इस अपमानजनक संधि के बहुत खिलाफ़ था। लेकिन उसके अलावा उसके सामने कोई चारा भी नहीं था।

टीपू जब गद्दी पर बैठा तब वह अठारहवां बसन्त पार कर चुका था। वह उद्भट साहसी और रणनीति में अद्वितीय था। अंग्रेज़ उससे डरते थे। वह दक्षिण का स्वामी बनना चाहता था। उसे अंग्रेज़ों से चिढ़ थी। वह फ्राँसीसियों की सहायता से अंग्रेज़ों को भारत से बाहर खदेड़ना चाहता था। इसलिए उसने अपने विशेष दूत 1787 ई० में फ्रांस तथा टर्की भी भेजे, लेकिन उससे उसे कोई लाभ नहीं हो सका।

कार्नवालिस मैसूर पर आक्रमण करने की तैयारी कर रहा था। उसने अपना एक दूत नागपुर मूदाजी भौंसले के पास भेजा। दूत का काम मूदाजी भौंसले को टीपू के विरुद्ध करना था।

अंग्रेज़ों का एक रेज़ीडेण्ट मैलेट पूना दरबार में रहा करता था। कार्नवालिस ने उसे एक पत्र लिखा, जिसमें लिखा गया था:

"ऐसे कारण पैदा होने चाहिएं जिससे पेशवा दरबार और टीपू के बीच शत्रुता पैदा हो जाये।" (10 मार्च, 1778)

वह चाहता था कि टीपू की शक्ति को जैसे भी हो शीघ्र समाप्त किया जाये। अत: उसने स्वयं निज़ाम तथा मराठों को पत्र लिखे और इस बात के लिए उन पर ज़ोर डाला कि तीनों सम्मिलित आक्रमण मैसूर पर करें। उससे प्राप्त इलाके तथा धन भी परस्पर बराबर बाँट लेंगे। सबसे ज़्यादा आश्चर्यजनक बात यह हुई कि निज़ाम के साथ मराठे भी इस षड्यन्त्र में भाग लेने हेतु तैयार हो गये। फाक्स जैसे राजनीतिज्ञ ने इस प्रकार की संधि को डकैती बताते हुए कहा है:

"बिना किसी वजह के किसी नरेश को मिटा देने के लिए इस प्रकार की संधि एक भयानक डकैती से कम नहीं हो सकती।"

इधर टीपू ने नरगुंड पर धावा बोल दिया। टीपू तथा नरगुंड के मुखिया के बीच पहले से तनाव चला आ रहा था। मराठों ने उसके इस आक्रमण को पसन्द नहीं किया। वे नरगुंड के मुखिया की सहायता नहीं कर सकते थे। उन्होंने टीपू को लौट जाने हेतु बहुत समझाया। पर टीपू ने मराठों की एक नहीं सुनी और नरगुंड तथा किट्टूर को जीत कर अपने राज्य में मिला लिया।

नाना फड़नवीस ने गोआ के पुर्तगालियों से सम्बंध बढ़ाये। इससे अंग्रेज़ घबराये और वे नाना के साथ हो लिये। यदि टीपू नरगुंड की छोटी-सी पहाड़ी चौकी पर हमला नहीं करता तो मराठों व अंग्रेज़ों से उसका युद्ध नहीं होता।

''मैसूर की लड़ाई एक अनिवार्य तथा निर्मम आवश्यकता थी।'' कार्नवालिस की इस उक्ति से स्पष्ट हो जाता है कि वह टीपू को प्रारम्भ से अपना शत्रु मान कर चला था।

टीपू ने त्रावनकोर पर आक्रमण किया और उसे बुरी तरह से कुचल डाला। इसी वक्त अंग्रेज़ी सेना ने मैसूर पर धावा किया। टीपू की सेना के साथ घमासान युद्ध हुआ। अंग्रेज़ी सेना पराजित होकर भाग खड़ी हुई।

इस पराजय के बाद कार्नवालिस स्वयं कलकत्ता से एक बड़ी सेना लेकर मद्रास पहुँचा। वहाँ निज़ाम तथा मराठों की सेना भी अंग्रेज़ों की सहायता के लिये आ पहुँची थी। इस प्रकार तीनों ने मिलकर टीपू से युद्ध छेड़ दिया।

टीपू को मराठों तथा निज़ाम से यह आशा नहीं थी। वह तीनों शक्तियों से युद्ध करता हुआ पीछे हटने को विवश हुआ। इस प्रकार बंगलौर पर अंग्रेज़ों का अधिकार हो गया।

कार्नवालिस टीपू को मिटा डालना चाहता था। इसलिए उसने टीपू के सामन्तों तथा सरदारों को उत्कोच देकर अपनी ओर फोड़ लिया। टीपू का विश्वासपात्र यूरोपीय नौकर उसे धोखा देकर अंग्रेज़ों से जा मिला।

अब युद्ध मैसूर की राजधानी श्रीरंगपट्टम पर हो रहा था। टीपू ने इस युद्ध में अद्वितीय रणकौशल का परिचय दिया। फलतः कार्नवालिस श्रीरंगपट्टम को नहीं जीत सका। इधर बरसात शुरू हो गई। कार्नवालिस को रसद व युद्ध का सामान न पहुँचने के कारण मद्रास लौटना पड़ा।

बंगलौर की जनता के साथ अंग्रेज़ों की सेना ने जो अमानवीय व कठोर व्यवहार किया था, उसको अंग्रेज़ इतिहासकार मिल ने 'शोकजनक संहार' कहा है।

टीपू जान गया था कि इस वक्त युद्ध जारी रखना आत्मघातक सिद्ध होगा। अतः उसने अंग्रेज़ों से संधि करने में ही अपना हित समझा।

इतिहासकार मिल ने लिखा है :

''टीपू ने अपने एक दूत के हाथ अनेक ऊँट फलों से लदवा कर संधि की इच्छा के प्रतीक रूप में कार्नवालिस की सेना में भेजे। लेकिन कार्नवालिस ने उन फलों को छुए बिना ही लौटा दिया। लूट के लोभ और यश की इच्छा ने इस समय भारत में अंग्रेज़ों को अंधा बना रखा था।''

वर्षा के बाद युद्ध फिर शुरू हुआ। मिडोज ने सोमरपीठ पर धावा बोला। यह श्रीरंगपट्टम की नाक समझा जाता था। मिडोज को अपने अभियान में ज़बर्दस्त शिकस्त मिली और उसके 2000 सैनिक मारे गये।

इधर कोयम्बटूर टीपू ने जीत लिया। 5 फरवरी, 1792 में कार्नवालिस ने श्रीरंगपट्टम पर पुनः धावा बोल दिया। टीपू बराबर संधि के प्रयास करता हुआ श्रीरंगपट्टम की रक्षा करता रहा।

इस बार संधि का प्रस्ताव टीपू ने मराठों को भिजवाया। वह इस प्रस्ताव को ठुकराने को तैयार नहीं थे। फलतः 23 फरवरी, सन् 1792 को श्रीरंगपट्टम में संधि की गई।

इस संधि के अनुसार टीपू को आधा राज्य अंग्रेज़ों, निज़ाम व मराठों को देना पड़ा। 30 हज़ार रुपयों का दण्ड भरना पड़ा और 3 करोड़ रुपया लड़ाई के खर्च में अदा करने के लिए टीपू को वायदा करना पड़ा। वायदा पूरा होने तक उसके दोनों बेटों को बंधक के तौर पर अंग्रेज़ों ने अपने अधिकार में रखा।

मैसूर का राज्य बिखर गया। स्वयं टीपू भी बिखर-सा गया। आठ वर्ष में जाकर युद्ध के खर्चे की अदायगी हो पाई। इस प्रकार टीपू को पूर्णतया पंगु बना दिया गया। कार्नवालिस चाहता तो टीपू के सम्पूर्ण राज्य को हस्तगत कर सकता था, लेकिन ऐसा करने से उन तीनों के बीच बंटवारे के प्रश्न को लेकर झगड़ा खड़ा हो सकता था। अतः उसने मैसूर राज्य को पंगु बना कर छोड़ दिया।

लार्ड कार्नवालिस सात वर्ष तक गवर्नर जनरल के रूप में भारत में रहा। सन् 1793 में वह त्यागपत्र देकर इंग्लैण्ड लौट गया। वह स्वयं योग्य, ईमानदार और कर्मठ था। उसके शासन का आधार अर्थात् कर्मचारियों की नियुक्तियां या पदोन्नतियां, भी यही रहा। वह अपने सुधारों तथा ईमानदारी के कारण कम्पनी के गवर्नर जनरलों में निश्चित रूप से विशेष स्थान रखता है।

9. सर जान शोर

लार्ड कार्नवालिस के भारत से लौटने के बाद 28 अक्तूबर, 1793 को सर जान शोर गवर्नर जनरल पद पर आसीन हुआ। हेस्टिंग्स के समय बंगाल में वह कम्पनी में मुलाज़िम रह चुका था और हेस्टिंग्स के अनेक गुप्त कार्यों में वह अत्यन्त उपयोगी सिद्ध हुआ था।

सर जान शोर ने अपने कार्यकाल में तटस्थता और हस्तक्षेप नहीं करने की नीति का अन्त तक पालन किया। उसके कार्यकाल में कम्पनी को निश्चित रूप से लाभ पहुँचा था।

पेशवा का सूर्यास्त

अब तक के ईस्ट इण्डिया कम्पनी के शासन में राजाओं, नवाब और उनके जैसे प्रभावशाली व्यक्तियों का लगभग अन्त-सा हो गया था। दिनोंदिन मुगल सम्राट कमज़ोर होता जा रहा था। महाराष्ट्र क्षेत्र में नाना फड़नवीस और सिंधिया अभी भी प्रभावशाली थे, परन्तु इनमें आपस में नहीं बनती थी। वे बराबर लड़ते रहते थे। इससे उनकी शक्तियां कमज़ोर पड़ती गईं। अंग्रेज़ उन्हें कमज़ोर बनाने के लिए लगातार षड्यंत्र रचते रहे।

माधवजी सिंधिया की मृत्यु से अंग्रेज़ों के रास्ते का काँटा स्वत: ही हट गया, परन्तु पूना दरबार में अभी अंग्रेज़ों की दाल नहीं गल रही थी। मैलेट ने इस बात का अपने एक पत्र में साफ उल्लेख किया है :

''पूना दरबार में जब तक नाना का प्रभाव काम कर रहा है, तब तक हम अपने उद्देश्य में सफलता प्राप्त नहीं कर सकते है।''

अंग्रेज़ राघोवा के पुत्र को पेशवा देखना चाहते थे क्योंकि उस पर उनका प्रभाव था। इसलिए पेशवा माधवराव नारायण को मरवाने का षड्यंत्र किया गया। पेशवा

माधवराव नारायण 27 अक्तूबर, 1795 में उनका शिकार हो गया और अंग्रेज़ राघोवा के पुत्र को गद्दी पर बैठाने में सफल हो गये।

यद्यपि नाना का कहना था कि माधवराव नारायण की पत्नी किसी को गोद ले और वह गद्दी का मालिक हो। लेकिन मलेट पूना में बैठा हुआ जिस तरह की चाल चल रहा था, उससे यह सम्भव नहीं था कि वह किसी को गोद ले पाती।

बाजीराव पेशवा तो बन गया, लेकिन मात्र अंग्रेज़ों की कठपुतली बनकर वह रह गया। एक प्रकार से पूना दरबार की बागडोर अंग्रेज़ों के हाथ में आ गई, क्योंकि बाजीराव अयोग्य और कमज़ोर था।

निज़ाम का सूर्यास्त

अंग्रेज़ों के साथ निज़ाम की फौज ने टीपू सुल्तान का मुकाबला किया था। तब निज़ाम की उनको आवश्यकता थी। अब निज़ाम से काम निकल चुका था अतः अपनी नीति के अनुसार अंग्रेज़ों ने उससे आँखें फेरनी शुरू कर दीं।

पेशवा की सेना ने निज़ाम पर आक्रमण किया। निज़ाम ने गवर्नर जनरल सर जान शोर को लिखा और तुरन्त सहायता की मांग की, जिसे उसने नज़र अन्दाज़ कर दिया। फलतः निज़ाम हार गया।

निज़ाम इससे अंग्रेज़ों से सख्त नाराज़ हो गया। उसने अंग्रेज़ों को लिखा कि अंग्रेज़ों की सेना जो निज़ाम के व्यय पर चल रही है उसे सरहद से तुरंत हटा लिया जाये।

अंग्रेज़ तो निज़ाम पर घात लगाये बैठे थे। उन्होंने निज़ाम के लड़के आलीजाह को भड़का कर निज़ाम के खिलाफ़ खड़ा कर दिया। फिर क्या था? निज़ाम अंग्रेज़ों के सामने झुक गया और उसे अपमानजनक संधि स्वीकार करनी पड़ी।

सर जान शोर ने कर्नाटक के नवाब के साथ भी विश्वासघात किया और अवध के नवाब की शान भी मिट्टी में मिला दी। उसनें डचों को भी भारत से खदेड़ने में सफलता प्राप्त की थी।

कम्पनी ने सर जान शोर की प्रशंसा की। उसने जो कुछ किया वास्तव में उससे कम्पनी की जड़ें मज़बूत हुईं।

10. मार्क्विस वेलसली

इंग्लैण्ड के प्रधानमंत्री पिट के निर्देशानुसार मार्क्विस वेलसली को भारत के गवर्नर जनरल पद पर रह कर राजा तथा नवाबों के रहे-सहे अस्तित्व को समाप्त करना था। वह 1798 से 1805 तक भारत में रहा।

सहायक संधि के शिकार

वेलसली के काल में 'सहायता संधि' ('सबसिडियेरी एलायन्स') का बहुत ज़ोर रहा। दरअसल यह उसकी अपनी सूझ-बूझ थी: देशी राजाओं और नवाबों के अस्तित्व को मिटाने की। इस सम्बंध में कहा जाता है :

'' 'सबसिडियेरी एलायन्स' एक छल के अलावा और कुछ नहीं थी।''

वेलसली की इस नीति ने भारत के समस्त राजा तथा नवाबों को प्रभावहीन और अस्तित्वरहित-सा कर दिया। वेल्सली ने सर्वप्रथम मित्र राज्यों को सहायक संधि करने के लिए विवश किया।

निज़ाम सर्वप्रथम इस संधि का शिकार हुआ। निज़ाम ने फ्राँसीसियों को अपने यहां नियुक्त किया था। वह अंग्रेज़ों से असन्तुष्ट था। परन्तु उनके प्रभाव के कारण वह उनसे भयभीत था। इस संधि के अनुसार निज़ाम को समस्त फ्रांसीसी कर्मचारी हटाने पड़े और अंग्रेज़ों की छह बटालियनों को रखना पड़ा।

अवध का नवाब इस संधि का शिकार दूसरे नम्बर पर हुआ। उसका आधा राज्य अंग्रेज़ी राज्य में मिला लिया गया। उसकी सेना भंग कर दी गई। अंग्रेज़ों के सैनिक दस्तों की संख्या बढ़ा दी गई।

टीपू का सहायक संधि से इनकार

टीपू सुलतान अंग्रेज़ों से बदला लेना चाहता था। उसने इंग्लैण्ड और फ्रांस के मध्य चल रहे युद्ध से लाभ उठाने हेतु फ्रांस से अपने सम्बंध मधुर बनाए और कुस्तुन्तुनिया,

अरब, मारीशस व काबुल अपने राजदूत भेज कर शक्ति अर्जित करनी चाही। उसने अनेक फ्रांसीसी अफसर अपने यहां नियुक्त किये।

उस वक्त उसके पास भी सहायक संधि करने का प्रस्ताव भेजा गया था, जिसे उसने स्वीकार नहीं किया।

वेल्सली ने निज़ाम व मराठों को अपनी ओर फोड़ा। उन्हें भी जीते हुए भाग का हिस्सा मिलेगा यह आश्वासन दिया गया। मराठों का तो उत्तर नहीं मिला, लेकिन वेल्सली ने मैसूर पर धावा बोल दिया, जिसमें टीपू सुलतान पराजित हुआ और अपने किले के मुख्य द्वार पर युद्ध करता हुआ मारा गया।

हैदरअली, जिसके पूर्वजों से मैसूर छीना गया था, वेल्सली ने उसी को यह राज्य लौटा दिया। लेकिन जो संधि उससे हुई वह वहां के शासक के अधिकारों के अन्त का सूचक थी।

मराठों का पतन

वेल्सली ने एक के बाद एक भारत की बड़ी शक्तियों को अपने में मिला लिया था। वह समस्त भारत को अपना उपनिवेश बनाने के सपने देख रहा था। इस वक्त उसके सामने मराठा शक्ति ही ऐसी थी जिसे उसे समाप्त करना था। मराठों में गायकवाड़ तो ऐसा था जोकि अंग्रेज़ों के चंगुल से एकदम बाहर था। दूसरे मराठे सिंधिया और होल्कर के नेतृत्व में अपने साम्राज्य को बढ़ाने में जुटे हुए थे। वेल्सली ने तत्कालीन मराठा शक्ति के बारे में स्वयं लिखा है :

"भारत में सुदृढ़तम आधार पर शान्ति स्थापित करने और फ्रांसीसियों के हस्तक्षेप को सर्वथा के लिए समाप्त करने हेतु, यह बहुत ज़रूरी था कि अंग्रेज़ सरकार मराठों को अपने अधीन कर ले।"

मराठों का छत्रपति राजा सितारा तो उस समय एक राजनीतिक बंदी था। पेशवा ने उसके अधिकार हड़प लिये थे। पेशवा पर नाना फड़नवीस का पूरा-पूरा अधिकार था। सिंधिया और होल्कर एकदम निर्द्वन्द्व और स्वतंत्र थे। बरार का स्वतन्त्र शासक भौंसले था। इन चारों में परस्पर वैमनस्य और शत्रुता थी। वेल्सली के समय सिंधिया पेशवा को दबाना चाहता था। नाना ने 38 वर्ष तक मराठे सरदारों को अलग नहीं होने

दिया। उसकी मृत्यु के बाद दौलतराव सिंधिया, जसवन्तराव होल्कर और पेशवा बाजीराव द्वितीय एक-दूसरे के लिए तीन और छह के अंक बन गये।

बाजीराव ने होल्कर से बदला लेने के लिए उसके भाई विट्ठूजी होल्कर की हत्या करवा दी। जसवन्तराव होल्कर ने भाई की हत्या का बदला लेने के लिए पूना पर हमला कर दिया और सिंधिया तथा पेशवा की संयुक्त सेना को बुरी तरह हरा दिया।

इधर बाजीराव द्वितीय ने बेसिन में जा कर शरण ली। अंग्रेज़ों ने उसका स्वागत किया। वेल्सली ने परिस्थिति में फंसे बाजीराव द्वितीय को सहायक संधि की गिरफ़्त में ले लिया। होल्कर ने राघोबा के दत्तक पुत्र के बेटे विनायकराव को पेशवा बना दिया।

बाजीराव द्वितीय पुनः पूना की गद्दी पर बैठना चाहता था। इसके लिए बेसिन की संधि पर बाजीराव पेशवा द्वितीय ने हस्ताक्षर कर दिये। इससे अंग्रेज़ों के प्रभाव का विस्तार हो गया। एक वर्ष बाद ही अर्थात् 1803 में बाजीराव द्वितीय को पूना की गद्दी पर बैठा दिया गया। मराठा संघ को यह संधि आंखों में खटकने लगी। जसवन्तराव होल्कर ने कहा था, ''इस संधि के द्वारा पेशवा ने मराठों की शक्ति को बेच दिया है।''

अब सिंधिया को कमज़ोर बनाने की साज़िश शुरू हुई क्योंकि वह मराठा सरदारों में सबसे अधिक शक्तिशाली था। वेल्सली ने सिंधिया और भौंसले को अलग-अलग पत्र लिखे जिसमें उन्हें धमकी दी गई। सिंधिया को लिखा, ''आप अपनी राजधानी में बने रहें,''और भौंसले को लिखा,''नागपुर लौट जायें। यदि पूना की तरफ कदम बढ़ाया तो हमले का उत्तरदायित्व आपका होगा।'' वेल्सली नहीं चाहता था कि पेशवा, भौंसले और सिंधिया आपस में मिल पायें।

अंग्रेज़ों ने खूब तैयारी करने के बाद असाये नामक मोर्चे में सिंधिया तथा होल्कर की संयुक्त सेना को पराजित किया। भौंसले तो पूर्णतया पराजित हुआ। अंत में सिंधिया तथा भौंसले को अपमानजनक संधि अंग्रेज़ों से करनी पड़ी। फलतः मराठों की शक्ति का सूर्य अस्त हो गया।

होल्कर के लिए प्रयत्न

अब मराठा शक्ति में मात्र होल्कर शेष रहा था। वेल्सली की योजना होल्कर को पराजित करने की थी। होल्कर ने जयपुर राज्य पर आक्रमण किया। उसे लूटा और अंग्रेज़ी कम्पनी से चौक चाही जिसे वल्सली ने अस्वीकार कर दिया। वेल्सली के सामने

उससे लड़ने के अलावा दूसरा कोई चारा नहीं रह गया था। उसने होल्कर के विरुद्ध युद्ध की घोषणा कर दी।

सन् 1804 ई० में वेल्सली ने होल्कर पर तीन तरफ से आक्रमण कर दिया। होल्कर बहुत चालाक तथा नीति-कुशल था। इससे पूर्व कि तीनों अंग्रेज़ सेनापति मिल पायें, उसने मानसन पर चढ़ाई कर दी। मानसन बुरी तरह पराजित हुआ। मानसन की पांच बटालियनों और छह टुकड़ियों को होल्कर ने नेस्त-नाबूद कर दिया। मानसन बमुश्किल जान बचा कर आगरा की तरफ भागने में सफल हो सका।

होल्कर ने पुनः अंग्रेज़ों के सामने अपनी बातें दोहराईं। हरियाणा प्रदेश व गंगा-जमुना के मध्य के बारह ज़िले उसने माँगे। चौथ चाही। मराठों के राज्य में हस्तक्षेप न करने का वायदा चाहा। इसके फलस्वरूप अंग्रेज़ सरकार काँप गई और वेल्सली ने लेक को आदेश देते हुए लिखाः

''जसवन्तराव होल्कर तथा उसके लुटेरे साथियों को हराने के लिए जिस तरह सम्भव हो सके परिश्रम और प्रयत्न करो।''

लेकिन अंग्रेज़ उसका कुछ नहीं बिगाड़ सके। चार बार उससे बुरी तरह पराजित हुए। इससे अंग्रेज़ों की इज़्ज़त को गहरा धक्का लगा। कम्पनी पर 310 लाख तक ऋण बढ़ गया। अतः वेल्सली को तुरंत इंग्लैण्ड वापिस बुला लिया गया।

11. लार्ड मिण्टो

वेल्सली के बाद पुनः कार्नवालिस भारत आया था। लेकिन अस्वस्थ रहने के कारण उसे लौट जाना पड़ा। उसके बाद लार्ड जार्ज बार्लो गवर्नर जनरल हो कर भारत आया परन्तु वेल्लौर में हुए सैनिक विद्रोह के कारण उसे भारत से वापिस बुला लिया गया। उसके बाद लार्ड मिण्टो गवर्नर जनरल होकर भारत आया और 1813 तक वह भारत में रहा।

जब वह भारत आया था तब कम्पनी की स्थिति बहुत नाज़ुक थी। सैनिकों का कई माह का वेतन शेष था। कम्पनी पर कर्ज़ा अलग था। अंग्रेज़ों का प्रजा के साथ व्यवहार अच्छा नहीं था। अतः जहां भी अंग्रेज़ थे वहां के लोग उनके विरुद्ध हो गये। अंग्रेज़ी इलाकों में चोरी और डकैती की आये दिन अनेक घटनाएं हो जाया करती थीं। लार्ड डफरिन ने कहा था :

''लार्ड मिण्टो के समय में कलकत्ता के आसपास के ज़िलों में लुटेरों और डाकुओं की भरमार थी।''

जसवन्तराव की मृत्यु हो चुकी थी, परन्तु अंग्रेज़ों के मन पर होल्कर का भय स्थायी रूप से जम चुका था। मराठों में परस्पर मतभेद था। वे कभी संगठित होकर नहीं रह सके। जसवन्तराव के मरने के बाद शासन की बागडोर अमीरखां के हाथ में आ गई थी, क्योंकि रानी तुलसीबाई ने मल्हार राव को गोद लिया था। वह बहुत छोटा था। अमीरखां अंग्रेज़ों के पक्ष में था।

जसवन्तराव के कीमती जवाहरात बरार के राजा के पास रखे थे। उन्हें लौटाने के लिए अमीरखां ने लिखा था, परन्तु उसका कोई सन्तोषप्रद उत्तर नहीं मिला।

बरार के राजा ने सहायक संधि स्वीकार नहीं की। लेकिन जब निज़ाम और अमीरखां की सेना बरार पर आ गई, तब मिण्टो ने उसे समझाया कि वे दोनों मुसलमान हैं और शीघ्र ही उस पर आक्रमण करने वाले हैं। मजबूरन बरार का राजा

अंग्रेज़ों के प्रभाव-चंगुल में फँस गया। लार्ड मिण्टो ने बरार की रक्षा करने हेतु, अंग्रेज़ सेना भेज दी। अमीरखां को बरार की सीमा से लौट जाना पड़ा। वह अंग्रेज़ों की दोहरी चाल को समझ गया था। वह होल्कर के साथ किये विश्वासघात के लिए सदैव पश्चात्ताप करता रहा था। लार्ड मिण्टो की यह नीति रही थी कि सीधे युद्ध न करके देशी राजाओं को परस्पर लड़ाकर उनकी शक्ति क्षीण करते रहो। इसके अलावा उसके राज्य में कोई अन्य महत्त्वपूर्ण घटना नहीं घटी।

12. मार्क्विस आफ़ हेस्टिंग्स

लार्ड मिण्टो के बाद लार्ड हेस्टिंग्स अर्थात् मार्क्विस ऑफ हेस्टिंग्स गवर्नर जनरल होकर भारत आया। वह 1813 से 1823 तक भारत में रहा। इस बार कम्पनी के डायरेक्टरों की निगाह देश के व्यवसाय पर पड़ी। भारत की व्यावसायिक उन्नति उस वक्त चोटी पर थी। इटली, चीन, जापान, लंका, अफ्रीका, ईरान, अरब, मिश्र, आदि देशों में भारत का व्यवसाय फैला हुआ था। इंग्लैण्ड में भी भारत के कपड़ों की माँग बराबर बनी रहती थी। प्रसिद्ध इतिहासवेत्ता लैकी ने लिखा है:

''भारत में जो कपड़े तैयार होते हैं, वे अत्यन्त नफ़ीस और बढ़िया होते हैं। कैलिका का मलमल, छींट तथा रंगीन कपड़े भारत से बड़ी संख्या में इंग्लैण्ड आया करते थे।''

इस बार देशी राजाओं को छोड़कर भारतीय व्यापार को खतम करना अंग्रेज़ों का मुख्य उद्देश्य हो गया। इंग्लैण्ड उन दिनों व्यापार में भारत से मीलों पीछे था। उधर फ्रांस के विश्वविजयी नैपोलियन बोनापार्ट के कारण अंग्रेज़ों के व्यापार को बहुत हानि हुई थी।

रिचर्ड्स की निम्न पंक्तियों से यह स्पष्ट हो जाएगा कि अंग्रेज़ों ने भारतीय व्यवसाय को नष्ट करने के लिए क्या-क्या अनीति और अत्याचार किये। वह लिखता है :

''भारतीय व्यापारियों से निष्ठुर अत्याचारों के साथ कपड़ा लिया जाता था। व्यापारियों को काम के लिए विवश किया जाता था। जो लोग इनकार करते थे या

प्राण बचाने के लिए बहानेबाज़ी करते थे उनको लम्बे जुर्माने भरने पड़ते थे और सज़ायें काटनी पड़ती थीं।''

फलतः भारतीय जुलाहों ने अपना पैतृक धंधा छोड़ना शुरू कर दिया। अंग्रेज़ों के इन अत्याचारों को देशी राजा भी आँख मीच कर देखते रहते थे। देशी राजाओं को हुक्म दिया गया कि भारतीय व्यापारी अपना माल केवल अंग्रेज़ व्यापारियों को ही बेचें। अंग्रेज़ों की इस अनीति का अनेक अंग्रेज़ों ने विरोध किया था और उसके खिलाफ़ लिखा। हर्बट स्पेन्सर ने लिखा है :

''भारत के व्यापार में बेहिसाब धन कमाने की गर्ज़ से जिस प्रकार के अत्याचार व अन्याय से काम लिया गया है संसार के इतिहास में उसके साथ की कहीं उपमा नहीं है। कम्पनी के डायरेक्टरों की भी यही मान्यता है।''

भारत का माल बाहर न बिक सके परन्तु इंग्लैण्ड का माल ज़रूर भारत में बिके इसके लिए इंग्लैण्ड के माल को महसूल-रहित कर दिया गया और भारत के माल को महसूल-युक्त कर दिया गया, जिससे उसका भाव ऊँचा रहे।

धीरे-धीरे भारत का व्यापार चौपट होता गया। अंग्रेज़ों के इस षड्यंत्र ने भारत की स्थिति शोचनीय बना दी और उसके लाभ के स्रोत बंद कर दिये।

13. लार्ड एमहर्स्ट

लार्ड हेस्टिंग्स ने त्याग-पत्र दे दिया था। उसके बाद भारत का गवर्नर जनरल लार्ड एमहर्स्ट होकर आया। वह 1823 से 1828 तक भारत में रहा। उसके शासन काल में तीन उल्लेखनीय घटनाएँ घटी थीं—(1) बर्मा युद्ध, (2) बैरकपुर का विद्रोह और (3) भरतपुर विजय।

बर्मा

उसने व्यापार बढ़ाने के लिए बर्मा पर युद्ध थोपा जो दो वर्ष तक चलता रहा। इस युद्ध में अंग्रेज़ों की हालत नाज़ुक हो गई। 15 दिसम्बर के निर्णायक युद्ध में महाबुंदेला

को पीछे हटना पड़ा। वह रंगून से ईरावती तट पर आ गया। सन् 1825 ई० की अप्रैल को बर्मा के सेनापति महाबुंदेला को गोली लग गई और वह स्वर्ग सिधार गया। उसके बाद बर्मा की स्थिति नाज़ुक होती गई और 24 फरवरी, 1826 ई० को यान्डबू की संधि हुई जिसमें बर्मा को पर्याप्त नुकसान उठाना पड़ा। युद्ध की क्षतिपूर्ति के लिए एक करोड़ रुपया देना पड़ा। आसाम व शाहपुरी द्वीप अंग्रेज़ों के हाथ लगे। व्यापार सम्बंधी संधि भी की गई।

बैरकपुर का विद्रोह

देशी सैनिकों में यह बात घर कर गई कि बर्मा जाने से उनका धर्म भ्रष्ट हो जाएगा। बर्मा के लोग जादूगर हैं। सन् 1824 ई० सिपाहियों ने इस बात को लेकर विद्रोह खड़ा कर दिया। अंग्रेज़ों ने सैनिकों की एक न सुनी और विद्रोही सैनिकों को ब्रिटिश तोपखाने से उड़ा दिया गया।

विश्व के इतिहास में ऐसा निर्मम हत्या- काण्ड दूसरा नहीं मिलता है। अंग्रेज़ों ने विद्रोही सैनिकों को भुलावे में डाल कर उनसे हथियार ले लिये और निहत्थे सैनिकों को गोली से मार डाला।

भरतपुर विजय

वेलसली के समय में अंग्रेज़ों को चार बार भरतपुर में पराजय का सामना करना पड़ा था। उस हार का बदला लेने के लिए वे अवसर की खोज में थे। 1825 में भरतपुर महाराज की मृत्यु हो गई। महाराज के भाई दुर्जन साल तथा अल्प वयस्क पुत्र में युद्ध शुरू होगया।अल्प वयस्क पुत्र 25 हजार सेना व तोपें लेकर अंग्रेज़ों से मिल गया। कम्पनी ने अल्पवयस्क पुत्र को गद्दी पर बिठलाने के लिए उसे भरतपुर का महाराज घोषित कर दिया। तब तक दुर्जन साल ने भरतपुर की गद्दी हथिया ली थी और स्वयं को भरतपुर का महाराज घोषित कर दिया था।

अंग्रेज़ों ने भरतपुर का किला सुरंगें लगा कर जीता। इस काम के लिए उन्होंने खूब रिश्वत दी। 18 जनवरी, 1826 को भरतपुर के किले पर अंग्रेज़ों का अधिकार हो गया। इस प्रकार आपसी फूट से लाभ उठा कर भरतपुर के किले को अंग्रेज़ जीतने में सफल हुए।

14. लार्ड विलियम बेण्टिक

लार्ड विलियम बेण्टिक 1828 से 1836 ई० तक भारत का गवर्नर हो कर रहा। वह उदार था, दृढ़ संकल्पी था और सुयोग्य था। उसने 'जनता कल्याण' भारत में अंग्रेज़ों का प्रमुख उद्देश्य माना था। वह सामाजिक कारणों से बहुत प्रसिद्ध हुआ। उससे एक नये अध्याय का आरम्भ हुआ। उसने बुद्धिमत्ता से भारत में शासन किया। सत्य का सहारा लिया। उससे 'पाश्चात्य स्वतंत्रता' की लहर का आभास हुआ।

उसने सैनिक भत्ता घटा कर दो लाख रुपये की सालाना बचत की। उसने भारतीयों को शासन में महत्त्वपूर्ण पद भी देने शुरू कर दिये। अंग्रेज़ जान-बूझ कर भारतीयों को अफसर नहीं बनाते थे। उसने भारतीयों को अफसर बनाया। बचत का पैसा उसने भारतीयों की स्थिति सुधारने में लगाना चाहा जिसे कम्पनी के डायरेक्टरों ने नापसन्द किया।

मंदिर, मस्जिद आदि से जुड़ी ज़मीन पर उसने लगान शुरू किया, जिससे राज्यकोष में 30 लाख का इजाफ़ा हुआ। उसने अफीम के व्यापार के लिए लाइसेन्स जारी किये। इससे भी आमदनी बढ़ी।

सामाजिक क्षेत्र में उसकी सेवाएँ अविस्मरणीय हैं। सती प्रथा को उसने कानूनन बन्द करार दे दिया। ठगों को उसने ठिकाने लगा दिया जो धर्म के नाम पर जान-माल को लूटते थे। नर-बलि व बाल-प्रथा, दास-प्रथा को बंद किया और धर्म-परिवर्तन की नीति को सुधारा। छापेखाने की स्वतंत्रता से जन-जागृति को बहुत लाभ पहुँचा। उसने शिक्षा पर बहुत ज़ोर दिया। प्रशासन में भारतीयों का प्रयोग करने की दृष्टि से अंग्रेज़ी सिखाने की ओर विशेष ध्यान दिया। मैकाले की अध्यक्षता में गठित कमेटी के निर्णयों के अनुसार उसने शिक्षा का माध्यम अंग्रेज़ी को बनाया ताकि प्रशासन का काम सुचारु रूप से चल सके। फलतः नौकरी में धर्म, जन्म, वंश तथा रंग भेद को कोई महत्त्व नहीं दिया।

उसकी सबसे बड़ी उपलब्धि यह रही कि वह भारत में अंग्रेज़ी भाषा की नींव रखने में सफल हुआ और मानव-जाति को तमाम भेदों से परे रखा। उसने भारत की जनता की भलाई के लिए सच्चे हृदय से काम किया।

15. लार्ड आकलैण्ड

लार्ड आकलैण्ड 1837 से 1842 तक भारत का गवर्नर जनरल रहा था। वह भी सुधारक था। उसने भारतीय छात्रों को डाक्टरी पढ़ाने की व्यवस्था की और सिंचाई के लिए नहरें खोदने पर ज़ोर दिया।

अफ़गानिस्तान छोड़ते समय अंग्रेज़ों पर क्रुद्ध अफगानी सैनिक टूट पड़े और उन्होंने उन्हें बुरी तरह भून डाला। काबुल से 16 हज़ार व्यक्ति चले थे, उनमें से केवल एक सौ बीस बच सके। इस दुर्घटना के कारण उसे वापिस बुला लिया गया।

16. लार्ड एलेनबरा

लार्ड एलेनबरा 1842 से 1844 तक भारत में गवर्नर जनरल रहा था। उसने अफ़गानिस्तान से अंग्रेज़ों के अपमान का बदला लिया और काबुल पर ब्रिटिश झण्डा फहरा दिया। उसने नाना साहब को गद्दी पर बैठाने के लिए ग्वालियर को पराजित किया। ग्वालियर राज्य को संधि के लिए विवश होना पड़ा।

इससे ग्वालियर की सैनिक शक्ति पर्याप्त कम हो गई और अंग्रेज़ों का दखल ग्वालियर में सीधे शुरू हो गया।

17. लार्ड हार्डिंज

लार्ड एलेनबरा को डायरेक्टरों ने वापिस बुला लिया और लार्ड हार्डिंज को गवर्नर जनरल बना कर भारत भेज दिया। वह 1844 से 1848 तक भारत में रहा।

उसने यह आज्ञा निकाली कि अंग्रेज़ी पढ़ा-लिखा व्यक्ति ही शासन की नौकरी पा सकेगा। उसने मुक्त व्यापार को प्रोत्साहन दिया। रेलों की व्यवस्था की। बहुत-सी चुंगियां खत्म कर दीं। नमक-कर कम किया। उसने सिक्खों के प्रभाव को कम किया। उसने प्रसिद्ध वाटरलू की लड़ाई में भाग लिया और वह युद्ध सचिव जैसे पद पर रहा। अंततः उसने अंग्रेज़ सेना को सुदृढ़ करने में सफलता प्राप्त की।

18. लार्ड डलहौज़ी

लार्ड डलहौज़ी 1848 से 1856 तक भारत में गवर्नर जनरल के रूप में रहा। अंग्रेज़ों की शक्ति बढ़ाने तथा साम्राज्य का विस्तार करने में उसने पर्याप्त क़ामयाबी हासिल की। वह तमाम देशी राज्यों को अंग्रेज़ी राज्य में मिलाने के लिए आतुर था। वह 36 वर्ष की आयु में भारत का गवर्नर जनरल बना था।

उसने 1848 में सतारा, 1849 में सम्बलपुर व जैतपुर, 1850 में बघाट, 1852 में उदयपुर, 1853 में झाँसी व बरार और 1854 में नागपुर में गोद लेने की प्रथा को समाप्त कर इन राज्यों को अंग्रेज़ी राज्य में मिला लिया था।

उसने केवल इतना ही नहीं किया अपितु उसने उपाधियां एवं पेंशनें भी खतम कर दीं।

उसने तार, रेल, डाक पद्धति को बहुत सशक्त बनाया तथा उनमें व्याप्त बुराइयों को दूर किया। उसने सड़कें, नहरें व पुल भी बनवाये। धर्म-परिवर्तन के साथ व्यक्ति अपनी पैतृक सम्पत्ति से वंचित नहीं किया जाएगा उसने यह आदेश जारी किया।

शिक्षा में प्रान्तीय भाषाओं को अंग्रेज़ी के साथ उसने उचित महत्त्व दिया। वह शिक्षा को व्यापक बनाने के पक्ष में था। 1857 ई० में स्थापित विश्वविद्यालय उसी के लिए गए निर्णयों का प्रतिफल थे। बम्बई, मद्रास व कलकत्ता में उसने विश्वविद्‌यालय खुलवाये थे।

1857 की क्रांति की ज़िम्मेदारी भी उसी पर जाती है। वह घोर साम्राज्यवादी प्रवृत्ति से ग्रस्त था। इसलिए उसने साम्राज्य-विस्तार की जो योजनाएं कार्यान्वित कीं, उनसे देशी नरेश तथा पेंशनयाफ़्ता लोग बहुत नाराज़ हो उठे। परन्तु उसे अपने उद्देश्य में पूर्ण सफलता मिली।

19. उपसंहार

भारत में अंग्रेज़ों का आगमन ऐसी दुर्घटना थी, जो भारत के भविष्य को निगल गई और जिसने उसे अति दयनीय स्थिति में जीने के लिए विवश कर दिया।

व्यापारी अंग्रेज़ यहां की कमज़ोरियों, चरित्रभ्रष्टता, आदि का लाभ उठा कर शासक बन बैठा। उसने स्वप्न में भी नहीं सोचा था कि वह यहाँ का भाग्यविधाता बन सकता है। यहाँ का विकसित रोज़गार छिन्न-भिन्न हो गया। यहाँ के शासक अपनी प्रजा के हित की रक्षा नहीं कर सके। वे स्वार्थों में इतने अंधे हो गये कि उन्हें यह ध्यान ही नहीं रहा कि वे प्रजा के स्वीकारने से राजा-नवाब हैं, प्रजा ही उनका भाग्य है।

अंग्रेज़ों को दोष देकर आज हम अपने कर्त्तव्य की इतिश्री मान लेते हैं। वास्तविकता यह है कि जहाँ वे राजा-नवाब दोषी हैं वहाँ जनता भी दोषी है कि उसने ऐसे राजा-नवाब को स्वीकार क्यों किया। प्रजा भी तो सजग नहीं रही। उसने भी तो प्रजा होने का दायित्व नहीं निभाया। हम इस पतन के लिए किसी एक को दोषी करार नहीं दे सकते हैं। इसके लिए हम सब कमोबेश में ज़िम्मेदार हैं।

फिर भी, हमें अपने पतन का विश्लेषण करना चाहिये और उससे भविष्य में सबक लेना चाहिए। जब हम ऐसा करने लगते हैं तब हमारे सामने निम्न तत्त्व आते हैं :

(1) देशी राज्य परस्पर की लड़ाई और कटुता के कारण अंग्रेज़ों के शिकार बनते गये।

(2) भारत जैसा सशक्त देश किस प्रकार आपसी मतभेदों तथा स्वार्थों के कारण समाप्त होता चला गया, क्या-क्या अत्याचार, अन्याय और कष्ट उसने नहीं सहे !

(3) केवल पारस्परिक अविश्वास व स्वार्थ के कारण भारत अपनी स्वतंत्रता खो बैठा। इससे यह स्पष्ट हो जाता है कि इस प्रकार से कोई भी देश अपने पांवों पर स्वयं कुल्हाड़ी मार सकता है और अपनी गुलामी के लिए स्वयं ज़िम्मेदार बनता है।

प्रिय बच्चो, इससे यह साफ हो जाता है कि भारत अपनी अवनति के लिए स्वयं उत्तरदायी है। माना कि अंग्रेज़ों ने उसके साथ अन्याय किया, उस पर अत्याचार किये और पददलित किया। परन्तु यह भी सत्य है कि वे ऐसा तभी कर पाये जबकि भारतीय राजा-महाराजा, नरेश, नवाब, आदि भारत की एकता व अखण्डता के प्रति लापरवाह हो गये थे। ध्यातव्य है :

''वह कौम, वह देश, वह जाति
तब तक सम्मान और स्वतंत्रता से नहीं जी सकती,
जब तक बाहरी शत्रु से
एक मन हो कर,
एक तन हो कर,
समस्त भेदभावों को भुलाकर,
टक्कर न ले
और अपने देश की अखण्डता, एकता, आदि के प्रति सजग न रहे।''